Johann Friedrich Frischer

Zwischen Knabenchor und Straßenlärm

Johann Friedrich Frischeisen

ZWISCHEN KNABENCHOR UND STRASSENLÄRM

Weit mehr als ein Spazieren im Zeitgeschehen

Mörsum-Freund
Dr. Werner Ertel
in enger guter Verbundenheit
+ für Genuss und Gewinn
Frieder Frischeisen
9.11.22

VERLAG PH.C.W. SCHMIDT
2022

Herausgeber:
Johann Friedrich Frischeisen

VERLAG PH.C.W. SCHMIDT
Neustadt an der Aisch

ISBN: 978-3-87707-252-3

Gesamtherstellung:

VDS – VERLAGSDRUCKEREI SCHMIDT
91413 Neustadt an der Aisch

Inhalt

Vorwort

Friedrich Frischeisen, von seinen Freunden nur Frieder genannt, legt hier ein Buch vor mit einem etwas kuriosen Titel: „Zwischen Knabenchor und Straßenlärm“. So unorthodox wie der Titel ist auch die Vorgehensweise: Frischeisen spricht selber von einem „Bummel durch Ort und Zeit“. Die beschriebene Zeit ist Frischeisens eigene Lebenszeit, von 1935 bis heute, wo sich der Autor noch guter Gesundheit erfreut. Der Ort ist die Kleinstadt Windsbach, die Heimat des Autors, der er sich eng verbunden fühlt, auch wenn er inzwischen nicht mehr dort wohnt. Dieses Städtchen ist aber auch die Heimstatt des inzwischen international bekannten Windsbacher Knabenchores, der 1946 im damaligen „Pfarrwaisenhaus Windsbach“ gegründet wurde (heute Studienheim mit Knabenchor) und jetzt unter dem inzwischen dritten Leiter immer noch floriert. Zwischen diesen Polen, Internat und Chor einerseits und dem Städtchen andererseits bewegt sich dieses Erinnerungsbuch. Das Leben in der Kleinstadt, speziell in Frischeisens Jugendzeit, Krieg und Nachkrieg, wird kleinteilig und liebevoll zugleich beschrieben, ein Stück Mikrohistorie, eingebettet in die Makrohistorie des 3. Reiches und der unmittelbaren Nachkriegszeit. Da das Elternhaus Frischeisens an der Grenze zwischen Stadt und Internatsgrenze gelegen war, wurde es einerseits nicht nur vom Lärm der daran vorbeiführenden Straße und der umliegenden Nachbarschaft beschallt, sondern auch von den Geräuschen des Internats und des Chores, vom Krach der Internatsbuben, dem Geräusch der übenden Choristen und Instrumentalisten. Frieder war in beiden Welten zuhause, als Stadtkind, aber auch als Gymnasiast, und damit als Mitschüler der Zöglinge des Internats und des Chores. Lebenslange Freundschaften sind daraus entstanden, auch wenn es unter den Jugendlichen naturgemäß auch Konflikte zwischen den Bewohnern des Internats, den „Ustoltern“ (Anstaltszöglingen) und den „Stadtschülern“ gab.

Das Buch beschreibt aber auch die Lebensgeschichte eines Mannes, der aus der Enge einer Kleinstadt und der Begrenztheit einer humanistischen Gymnasialzeit herauswuchs in ein vielgestaltiges Arbeits- und Berufsleben, als Kaufmann, Gewerbemakler, Dozent für Wirtschaftsfragen an Fachschulen und Universitäten, aber auch als Organisator von Vereinigungen in Sport und Kultur, als Politiker, zum Beispiel im Stadtrat, und als streitbarer Zeitgenosse, der in der Presse seine Stimme erhebt zu Zeitfragen und gesellschaftlichen Streitfragen. Damit verbunden ist leider auch eine gewisse Sprunghaftigkeit in der Darstellung – der Autor selber spricht von einem Potpourrie unterschiedlichster Themen – was dem Leser einiges an Konzentration und Durchhaltevermögen abverlangt. Man könnte Frischeisens Verfahren aber auch als „Thema mit Variationen" beschreiben. Und was ist dieses Hauptthema seines Buches? Es ist, kurz gesagt, das Verhältnis zwischen Individuum und Gemeinschaft. Das Individuum erhält seine Prägung durch seine natürlichen Anlagen und durch sein Umfeld, die Gemeinschaft, in der er aufwächst. Eine funktionierende Gemeinschaft entsteht aber nur durch eine gemeinsame Leistung seiner Mitglieder. In seiner Heimat Windsbach fand Frischeisen eine solche Gemeinschaft vor, aus der heraus er in seiner Jugend seine Antriebe empfing, um dann später auch als Individuum Leistung erbringen zu können. Und diese Leistungsbereitschaft erkennt er auch bei seinen Freunden und Bekannten im Windsbacher Knabenchor, wo durch härtestes Training, ständiges Üben schließlich ein Weltklasse-Ensemble entstand. Wie Leistungsbereitschaft gefördert werden oder wie sie durch eine verfehlte Politik allmählich untergraben werden kann, das treibt den Autor noch heute um und veranlasst ihn, seine Stimme in der Öffentlichkeit zu erheben. Heimat als Wurzelgrund und Schutz in der Gemeinschaft hat aber auch noch andere Folgen. Der Autor sei hier direkt zitiert: „So werden Heimatfreunde nie fremdenfeindliche radikale Menschen, weil sie die Heimatliebe der anderen in ihrer Heimat Verwurzelten ebenso sehen und schätzen. Gottfried Keller sagt Ähnliches mit anderen Worten: ‚Jedes Menschen Vaterland ehre, das deinige aber liebe!'" Mit dieser Gesinnung dürfte der Autor auch seine Reisen in vier von fünf Erdteilen unternommen haben.

Ich wünsche dem Büchlein von Frieder Frischeisen zahlreiche Leser, nicht nur bei den einheimischen Windsbachern und den ehemaligen Internatszöglingen und Mitgliedern des Windsbacher Knabenchores, sondern auch im weiteren Umfeld. Denn Frischeisens Anliegen dürfte viele Menschen in unserem Land und in dieser Zeit grundlegender Veränderungen beschäftigen. „Resilienz" ist ein Schlagwort unserer Zeit. Es meint Widerstandsfähigkeit bei Bedrohungen. Den Bedrohungen der Kriegs- und Nachkriegszeit haben die kleinen Städte und Dörfer wie Windsbach, aber auch wie mein Heimatdorf, widerstanden durch Vielfalt in Kenntnissen und Fertigkeiten und Zusammenhalt in der heimatlichen Gemeinschaft, nachdem die großen Städte zerbombt waren. Resilienz entwickelt aber auch das Individuum, das in solcher Gemeinschaft geborgen groß geworden ist. Friedrich Frischeisen ist ein schönes Beispiel dafür, wie wir aus seinem Buch erfahren können.

Dr. Werner Ertel

Über allem stand und steht ein großes „Trotzdem!“

Was für ein Unding, so gegensätzliche Lebensmarken aus unterschiedlichsten Ebenen konträr nebeneinander zu verorten! Hohes Bildungs-Potenzial gerade des Chores mit lästigem Lärmen in ein Verhältnis zu setzen, erscheint mehr als unsinnig. So musste schon sehr viel mehr zusammenkommen, um ein Leben „dazwischen“ auch ernsthaft beschreiben zu dürfen. Allenfalls könnte man das Nebeneinander noch lokal gesehen hinnehmen. Doch damit würde man weder einem Stand der Dinge von damals noch den so vielfältigen Eindrücken gerecht, die unser aller Leben geprägt haben. Aber mit diesen Bezügen dürfen wir uns nicht zufriedengeben. Was uns genügt hatte, war aus dem nie gestillten Notstand und vorherrschenden Defiziten heraus ein blankes Durchhalten. Kaum jemand konnte da gut leben. Speziell diese Lokalität mit diesem Umfeld wollte Aufbruch kaum andeuten oder mittragen. Eigenes Tiefergehen mit einem Eintauchen in sich selbst kann aus dem Rückblick Einsichten vermitteln, die weiterhelfen könnten. Eine bald anbrechende Aufbruchstimmung mit dem „Windsbacher Knabenchor“ und den daneben entstandenen Ereignissen darf einführen. Ein Neubeginn zu unserer frühen Jugendzeit heraus aus mittlerem Chaos und alltäglichen Widerwärtigkeiten war da „trotzdem“. Und dies führte heraus aus einer Notbewältigung in eine tragfähige, nachhaltige Zukunft, der wir uns alle – breit aufgestellt mit neuen Denkinhalten – stets mehr widmen müssen.

Aber schon die Andeutung einer Vergleichbarkeit akustischer Immissionen erfordert Einblicke in das Erleben Betroffener zu jener Zeit, als der „Windsbacher Knabenchor“ noch nicht einmal so hieß. Was da heranwuchs, Kultur von hohen Graden, Streben nach weit mehr als nur gutem Durchschnitt, reifte auch in den Köpfen der Mitschüler von Choristen, in Nachbarn des Erziehungswerkes

Windsbach mit Heim, Gymnasium und Chor, zur Anerkennung dieses Strebens in kleinteiligem, arg begrenztem Umgriff und dem mentalen Umfeld heran.

Städtchen und Bevölkerung erlebten mit diesem Chor einen Gewinn an Ruf und Bedeutung. Selbst das zum Gymnasium werdende Progymnasium samt allen Schülern profitierte davon. Die Bauten wurden ergänzt, und nach vielen harten Verhandlungen entstand Neues. Was dazu mit Blick auf den aufstrebenden Chor von Hans Thamm, Dekan Heinz Seifert und Heimleitungen, zunächst mit Christian Nicol, sowie den Leitungen der Institution „Weiterführende Schule" mit OStR Lehmann, OStR Mebs, OStR Hohe und OStDir Horn für Windsbach geleistet wurde, ist wohl jeweils dankbar anerkennend zur Kenntnis genommen worden. Eine Würdigung wie für Heinrich Brandt, den Gründer des Pfarrwaisenhauses, gab es nie wirklich. In meinem Büchlein zum Ende der Kriegszeit „Und dann kamen die Amerikaner" regte ich an, Herrn KMD Hans Thamm eine Ehrenbürgerwürde der Stadt zu verleihen. Als er sie dann zum 25. Jahrestag der offiziellen Chorgründung erhielt und ich mit ihm bei der Veranstaltung in der Stadthalle Windsbach kurz ins Gespräch kam, erinnerte er sich an diese Zeilen aus meinem Büchlein. Als vormaliger Nachbarsbub begleitete ich das Entstehen dieses besonderen Chors, und mein Aufgeschriebenes wurde zum Zeitzeugen-Dokument. Der Gedanke an die Benennung des Fußweges von der Rother Straße zwischen den Bäumen hinauf zum Chorgebäude nach seinem Namen schwebt weiter im Raum. Zwischenzeitliche verleumderische Angriffe gegen ihn nach seinem Tod wurden mit Bezeugung von Klassenkameraden und anderen Schülern aus der damaligen Chor- und Internatszeit vehement glaubhaft zurückgewiesen, als haltlos entlarvt und bezeugt. Ich bin heute noch froh darüber, dass ich nach Dr. Gottfried Held, Jochen und Volker Rauh, Wilhelm Lutz, Gerhard Wangemann, Erhard Friess und! Hans Wilhelm Geißendörfer, Dr. Werner Ertel, den Pfarrern i.R. Karl-Martin Bullemer, Heiner Bock, dem Berufs-Offizier Fritz Blaufuß sowie mehreren anderen Kameraden „Einsatzzeiten hatte“ und so diesem Treiben durch kämpferisches Mitmachen auch in den Medien ein Ende bereitet wurde. Dem Bürgermeister Wolfgang Seidel gebührt dafür Anerkennung, dass er einer Journalistin von einer süddeutschen Zeitung bei einem Termin seine Meinung ‚gegeigt hat‘, bis sie ihren Schreibblock zuschlug, einpackte und ging. Dann war zunächst Ruhe. Offizielle Kirchenstellen hielten sich trotzdem „neutral“ zurück. Ihn, Hans Thamm, den Unermüdlichen, den strengen Kämpfer, Organisator und Künstler zugleich, habe ich in allen Phasen seines Wirkens diesen Weg vor unserem Haus zum Internat hinaufschreiten sehen. Anders als beim Herunterkommen wurden die Anstiege dorthin zu psychologischen Schauspielen seiner Stimmung; Schritt und Mimik verrieten oft recht viel. Man wusste ja, was ihn bewegte, welche Ziele er verfolgte, und was man ihm wohl gerade wieder versagt hatte. Uns als Stadtbürger, auch in früher Jugend an öffentlichen Dingen oft interessiert, bewegten solche Vorkommnisse. Und am Wachsen der Stadt und ihrer Möglichkeiten blieb ich – und bleibe ich bis heute – nicht nur treuer ferner Beobachter.

Verwandte im Garten; Blick zum Pfarrwaisenhaus.

Frieder im Kindergarten an der Luitpoldstraße.

Konfirmation in Windsbach 1949.

Fahrt des Burschenkreises mit Diakon Büttner nach Rummelsberg, Königstein in der Oberpfalz und Feucht.

Plötzlich vor der Tür von Ehepaar Thamm

Als zu einem Jubiläumsjahr ein Klassentreffen zu organisieren war, stieß man auf mich als mehr oder weniger „Einheimischen". Der Start sollte in Neuendettelsau sein, wo die meisten wie immer in der „Sonne" bei Bischof übernachteten. Mit einem Bus von Kwitt aus Windsbach ging es nach Heilsbronn zum Münster mit einer vorbereiteten Führung, die jeden Teilnehmer beeindruckte, weiter zur Burg Abenberg mit Führung durch den Vorsitzenden des Heimatvereins Abenberg, dann zum Gasthof Stiegelmühle zwischen Wassermungenau und Spalt zum Mittagessen, um dann mit einem Trimaran auf dem Brombachsee eine Rundfahrt zu machen. Den Abschluss bildete die Kirche von Kalbensteinberg mit Führung und Erklärungen von Pf.i.R. Günter Schunk, der dort früher Pfarrer gewesen war. Doch ich hatte auch noch eine Überraschung versprochen.

Auf der Strecke von Heilsbronn zur Burg Abenberg lag Barthelmesaurach, der spätere Wohnsitz von Familie Hans Thamm. Mit seiner Frau hatte ich wenige Tage vorher kurz telefoniert. Sie war sich nicht sicher gewesen, ob ihr Mann gesundheitlich so gut drauf sein würde, dass er einen Besuch verkraften würde. Ich sollte am Tag des geplanten Besuchs früh nochmals anrufen. Das tat ich dann auch von Neuendettelsau aus und konnte mit ihm selbst sprechen. „Was möchten Sie? Mit einer früheren Klasse kommen? Und nachher gleich?" „Wenn das möglich wäre, sehr, sehr gerne". „Aber wollen die Leute denn das auch selber?" „Es ist als Überraschung gedacht und wird alle sicher erfreuen!" „Das Risiko tragen Sie!" „Gerne, Herr Thamm." Unterwegs wurde im Bus – ein zufälliges Omen? – wie in einem Chor spontan gesungen, und einer merkte an, dass ja irgendwo in der Gegend jetzt auch Thamm wohnen würde. Und als wir vor seinem Haus anhielten – der Busfahrer war eingeweiht – wurden einige blass. „Ja dürfen wir denn da einfach läuten?" „Das machen wir jetzt einmal, wir dürfen". Die Gruppe der Sänger unter uns stellte sich aus dem Stegreif im Vorgarten in einem Halbkreis auf und begann sich einzustimmen – das war auch für mich eine Überraschung! Als Hans Thamm aus dem Haus trat, hinter ihm seine Frau, begann man als spontaner Mini-Chor zu singen. Die Überraschung war in jeder Hinsicht gelungen! Thamm und seine Frau freuten sich riesig, luden uns ein, ins Haus zu kommen, einen kleinen Willkommenstrunk zu genießen und sogar ein Stück Kuchen zu nehmen. Herr Thamm zeigte uns dann noch sein Album mit vielen alten Fotos aus Windsbach, darunter aus unserer Schulzeit. Das mehrstimmig gesungene Lied der vier früher aktiven Choristen hieß: „Lobet den Herren, den mächtigen König der Ehren". Es war – nun zufällig – das Eröffnungslied des Chores bei der offiziellen Chorgründung vor jetzt 75 Jahren. Diese Sänger waren dabei als „Knaben" der ersten Stunde: Heinrich Bock, Karl-Martin Bullemer, Albrecht Grießhammer und Hans Luther.

Man hätte sich zeitlich verlieren können … Aber ich musste dann doch zur Weiterfahrt drängen. In Abenberg war man schon in ärgerlicher Erwartung auf uns. Aber mein Kollege, der Vorsitzende des Heimatvereins dort, hatte dann doch Verständnis. Wir jedenfalls fühlten uns an diesem Tag schon am Mittag mehrfach bereichert. Günter Schunk war in Kalbensteinberg früher nicht nur Pfarrer gewesen, sondern auch Dozent am Prediger-Seminar in Nürnberg. Seine Ausführungen über die für evangelische Kirchen mit Kunstschätzen reich ausgestattete Kirche wurden zu einem besonderen Kunstgenuss. Dazu konnte er über die Geschichte, die Stiftungen Nürnberger Patrizier, Pfründe und die Tatsache berichten, dass die „Kalber" ihre Kirche vor Plünderungen im 30-jährigen Krieg geschickt dadurch geschützt hatten, dass sie beim Eintreffen der Schweden ihren Glauben „evangelisch-lutherisch" nannten, beim Eintreffen von Wallensteins Truppen dagegen aber „katholisch" angaben. Als Günter Schunk sein Kurzreferat an einigen Stellen stark betonte, indem er mit der Faust auf das Möbel vor sich schlug, raunte der neben mir sitzende Hans Luther, ebenfalls Pf.i.R., vor sich hin: „Hau Dei Kirch' net kaputt!"

Jubiläums-Fahrt nach Heilsbronn und Abenberg, zur Stiegelmühle, an den Brombachsee und nach Kalbensteinberg mit einem Überraschungsbesuch bei Herrn und Frau Thamm.

Mitwirken der „Kästler“ in der Stadt

Zu allen Zeiten waren Schüler und Erzieher in Windsbach willkommen – einzelnen Hänseleien zum Trotz. Lehrer hielten Vorträge in der Stadt, lebten bei Forschungen in Stadt und Region in Gemeinschaften. Dora Nicol, die Gattin von Christian Nicol, dem Heimleiter, übte mit Heimschülern einige Theaterstücke ein, die man in der Stadthalle öffentlich aufführte, Schüler legten in der Gottesruhkapelle die mittelalterlichen Fresken frei, wirkten in Vereinen mit und betätigten sich auch helfend in Sondersituationen. Die Begleitung von Gottesdiensten mit Chor-Einlagen wurde zum erhebenden Genuss. Die Windsbacher Stadt- und Landbevölkerung samt den Menschen aus den benachbarten Orten sah sich daneben nie bloß als Statisten. Kunstgenuss zum direkten Gehör, das Angebot zur Teilhabe am Wachsen und Werden von etwas Besonderem am Ort, das ließ Respekt entstehen. Mein Onkel Hans Frischeisen, Zimmerermeister in Treuchtlingen, legte seine Heimatbesuche gern auf die Sonntage mit Chor-Angebot. Die „Windsbacher“ waren ihm zum Bestandteil seiner Geburtsstadt geworden. Nun war er an einem neuen Ort im Gesangverein und 25 Jahre lang dort Feuerwehrkommandant. Aus Treuchtlingen kam später Markus Dorner, der Chorsänger, Mitgründer und Akteur des Puppentheaters KASPARI, das weit über Windsbach hinaus einen sehr guten Ruf aufbaute. Als ich von Markus Dorner eine Postkarte von einer Reise des Ensembles aus Südamerika erhielt, auf der er sich bei mir bedankte für mein Plädoyer im Stadtrat zur Gewährung eines Zuschusses für das Puppentheater, wurde mir das Potenzial erst wirklich bewusst. Man trat mit Gesang der „Puppen“ aus früheren Chorsängern auf und flocht ihr Können in das Spiel mit den Marionetten ein. Dies trug allerdings den Keim der Auflösung in sich, weil es an hohem Können und auch an der Bereitschaft von Personen hing, die beruflich nicht mehr am Ort tätig waren. Der Chorist Bernd Lang spielte so bei Markus Dorner eine gestalterisch tragende Rolle.

Freilich sahen sich einige Nicht-Chorsänger manchmal in die zweite Reihe gestellt, so auch öfter einige der sogenannten „Stadtschüler". So nannte man uns Mitschüler, die im Progymnasium aus dem Städtchen oder aus den Orten der Umgebung wie Neuendettelsau kamen und nicht im Heim, dem damals so benannten Pfarrwaisenhaus untergebracht waren und „Zöglinge" hießen. Aus Sicht der Heimschüler waren das die „Stadtschüler", aus Sicht der Windsbacher waren die anderen die „Kästler" – in Anlehnung an die Gebäudeform des Haupthauses im Heim, dem sogenannten „Kasten".

Doch für den Nachbarsbuben „dazwischen" gab es mehr als nur Geographie zu kennen und Zöglinge zu erleben: Die Kategorie Lautstärke war da nicht alles, aber sie wirkte zuerst, schließlich sind Jugend wie auch Erziehung selten leise. Und die Betätigung mit hörbarer Kunst ist nicht immer ein Genuss – vor allem das Üben nicht. Trotzdem hat es nie jemand in Frage gestellt, jedenfalls nicht zur Zeit meiner Eltern im Nachbarhaus, Familie Fritz und Klara mit den Söhnen Friedrich und Dieter Frischeisen. Und als Klassenkamerad der Choristen der ersten Stunde hatte ich auch unter den Sängern Freunde.

Ein heller Klang an einem Maienmorgen

An eine Begebenheit erinnere ich mich besonders gern. Als die ersten Sänger für ein Singen vom Musiklehrer des Progymnasiums und Präfekten im Heim, Herrn Hans Thamm, ‚gesammelt' waren und sie geübt hatten, beorderte er die Sänger am 1. Mai 1947 früh um etwa 7 Uhr auf die Althane des Pfarrwaisenhauses. Unsere Fenster weit geöffnet, genossen wir als Familie zuerst den Vogelgesang aus dem frischen Grün der vielen Bäume um unser Haus, vor allem von der großen Linde, die nur dreißig Meter entfernt war. An Lautstärke an jenem sonnigen Maienmorgen kaum zu übertreffen, hörte sich der vielstimmige Chor der gefiederten Sänger wunderschön an. Doch da riss uns ein Chorgesang aus den Betten an die Fenster, der weit mehr war als ein gut vernehmbarer schöner Liedvortrag: „Der Mai ist gekommen, die Bäume schlagen aus". Und dann ein zweites Lied, ich glaube, es war das Frankenlied: „Wohlauf, die Luft geht frisch und rein …" Dann ging man wohl erst zur Andacht in den Betsaal und zum Frühstück in den Speisesaal. Mir fehlt noch heute der Beifall für diesen wundervollen Vortrag. Doch er bestand wohl in dankbarem Schweigen für unser geschundenes Land. Nach dem Krieg daniederliegend, Not leidend an allem, besonders an Wohnraum wegen der nun hinzugekommenen Flüchtlinge, die zusätzlich in die Wohnhäuser ‚gepresst' wurden, neben den Evakuierten aus den bombardierten Großstädten, vorrangig aus Nürnberg. Man kämpfte täglich mit der Not, wurde mittels Lebensmittelmarken mit Nahrung und Kleidung versorgt. Vor den Läden musste man in langen Menschenschlangen geduldig darauf warten, kleinste Mengen einkaufen zu können. Fahrmöglichkeiten gab es kaum oder Chancen für Transporte – außer mit der Eisenbahn. Als Volk geächtet, gescholten, auch verachtet, war uns Nachbarn im Kleinen dieser plötzliche Gesang mehr als nur ein Hörgenuss. Dieses Geschenk wurde zum Trost und Signal, zum Durchatmen

Mit Vater und Bruder im Garten mit Blick auf das Elternhaus.

auch für neuen Mut, zum Weckruf nicht nur aus den Betten an diesem sonnigen Maienmorgen. Ich weiß nicht, ob die Menschen in den benachbarten Häusern das ebenso tief empfunden haben: Es tat einfach nur gut. Und im ‚gemischten Chor' mit den Vöglein in den Baumkronen war es ein ergreifendes Erlebnis für den Start in ein damals nur erhofftes seelisches Wiederaufleben.

Natürlich wuchsen dann auch die Rufe der Erzieher, das Rügen für ungezogenes Verhalten, die Anweisungen, das laute Schimpfen bei Ungehorsam, verunglückte Musikübungen an Instrumenten wie Orgel, Klavier und Trompete – leider sehr häufig bei geöffneten Fenstern im Heim, wo sich wohl auch die Vögel gesanglich distanzierten. Sie verminderten jedenfalls hörbar ihren Einsatz oder stellten ihren Gesang sicher aus Höflichkeit für kurze Zeit ganz ein. Trotzdem: Alles klang wie ein Aufbruch aus dem Elend dieser Zeit, eingesungen von jungen Menschen, die Zukunft ansingen sollten, obwohl sie keine Zukunft sahen. Wir alle zusammen sahen sie damals nicht.

Dieses Singen am 1. Mai von der Althane des „Kastens“ gab es ein paar Jahre lang. Warum es dann aufgegeben wurde, ist nicht bekannt geworden – es war einfach nur schade.

Die Entwicklung im Heim und in der nun begonnenen Aufnahme der Gymnasialzeit nahm ihren Lauf – hart an der Grenze des noch Möglichen und Erträglichen. Mit dem Singen in anderen Orten wie in den Kirchen von Wassermungenau, Neuendettelsau oder Immeldorf, Bertholdsdorf, Kalbensteinberg, Obererlbach, Barthelmesaurach – da zuerst, um daraus Kartoffeln mit nach Hause ins Heim zu erhalten oder auch für die Sänger ein gutes Abendessen bei Gastfamilien. Alles diente dieser ‚Notwende‘, die so nötig war wie das fast nie ausreichende tägliche Schwarzbrot. Wenn „Brotholen“ durch die Großen angesagt war, mit einem Leiterwagen zum Schieben, war die Teilnahme daran ein Vorzug und deshalb begehrt, weil die ‚Transporteure‘ dabei nicht so ganz ohne Wegzehrung vom jeweiligen örtlichen Windsbacher Bäcker blieben. Den deutlich schwächeren Kleinen aus dem Heim blieb da nur der Neid. Von zu Hause konnten damals nur wenige ein Zubrot bei Besuchen oder aus Paketen von daheim erhoffen.

Freizeit und Sport mit uns in der Kleinstadt

Doch das Leben von uns Nachbarn „dort drunten“ war in jeder Hinsicht, vor allem an jedem Schultag, ein täglich gleicher hörbarer Ablauf. Schüler wie die Institution selbst waren dennoch immer gut gelitten, gelegentliche Kleindebatten hin oder her. Die Schüler des Progymnasiums, dieses auch mit Stadtschülern beschickt wie „Manndu“ Schwarz, Karl Schubert, Boy Lehr, Hans Ulsenheimer, Karlheinz Wachter, Hermann Thoma und Georg Hollenbach sowie Fräulein Heidenreich vom Geschäftshaus Schott oder dem Förstersohn aus Mitteleschenbach, gehörten wie die Schüler des Pfarrwaisenhauses einfach dazu. Vom Förstersohn aus Mitteleschenbach wusste man genau, wann er nicht zum Progymnasium kam: Bei Überschwemmungen der Rezat schaute er nur von der Höhe südlich Windsbach auf die Talwiesen neben dem Städtlein und durfte ohne schlechtes Gewissen zu Fuß gleich wieder umkehren. Zu Fuß oder mit Fahrrad kamen auch andere Schüler mehrere Kilometer in das Progymnasium, so Marlene Bauer aus Hergersbach und Gerhard Wangemann aus Dürrenmungenau, genauso wie viele in die Volksschule aus Moosbach, Neuses, Elpersdorf, Retzendorf und Wolfsau.

Häufig trafen wir uns mit jüngeren Heimschülern am Anstaltsberg zum Spielen mit einem Fußball, bis zur „Studierzeit“ gerufen wurde. Im ganzen Pfarrwaisenhaus gab es nur zwei Schüler, die einen Fußball besaßen: Herbert Kleinschroth aus einer Brauereifamilie in Kitzingen und Hans Keller von einer Arztfamilie aus Pegnitz. Wer einen Ball sein Eigen nennen konnte, bestimmte, wer mitspielen durfte. Mir wurde es nie verwehrt.

Man traf sich auch am Sportplatz vor der Stadthalle zu Sport und Spiel, im Sommer auch im Waldstrandbad. Das waren auch die Plätze des Turn- und Sportunterrichts der Gymnasiasten. Und einmal war im Fußballtor der Heimmannschaft im Spiel gegen die Stadtschüler der Musiklehrer Hans Thamm gestanden. Mit einem damals üblichen dunkelblauen „Turnanzug", unten mit Gummizug, warf er sich mutig, fast tollkühn, vor die Füße der Angreifer und schnappte sich, bis auf einen, alle Bälle. Man trennte sich 1:1. Von den Kriegsverletzungen ließ er sich überhaupt nichts anmerken.

In der Halle, Turnhalle genannt, spielten wir Prellball, und es wurden Geräteübungen probiert. Windsbach hatte damals gute Turner: den Schmied Adam Frank, den Maler Georg Strob, den Zimmerer Georg Frischeisen, den Maurer Heiner Grimm – sie alle auch Handwerksmeister und Geschäftsinhaber, die Brüder Walter und Werner Link, Söhne des Schlossermeisters Link, Helmut Ries, den Nachfolger in der Zimmerei Westphal, Hans Beck, Sohn des Schreinermeisters Beck, dazu aus dem Studienheim die Schüler Martin Becker, Klaus Zorn und Peter Ludwig sowie Walter Dittmann, Gymnasiallehrer im Turnen und Sport, und natürlich Rudi Richter als Spartenleiter und Vorturner. Ihm soll einmal, beruflich Flaschner bei Schwarz am Sandbuck, bei einer Reparatur des Turmdachs am Stadtturm dort oben ein Handstand auf der Spitze des Dachs gelungen sein. Ein Stadtgespräch! Rudi Richter war Sachse und konnte an Festabenden mit seinem Dialekt gewürzt köstlich vortragen.

Im Waldstrandbad waren wir ‚Städtler' obenauf. Hechtsprünge vom Dreimeterbrett oder Fünfmeterturm waren uns geläufig und fast täglich im Sommer mehrfach geübt wie von anderen ein Liedvortrag. Man hatte für sein Selbstwertgefühl, das jeder Mensch braucht, vor allem bei geringeren Leistungen in der Schule, damit und mit manch anderem das Ersatz-Erfolgserlebnis. Auch bei Waldläufen im „Sport" im Wald des Schwalbenbachtales oder mit „Gehergehen" auf der Straße nach Reuth oder in der Fußball-Klassenmannschaft konnte man sich beweisen. Für die Übungen

Die Eltern bei Freunden zum Geburtstag, links das Ehepaar Hagelauer mit ihrem Sohn Hartmut, in der Mitte die Eltern Frischeisen und ganz rechts Horst Fischer.

Einweihung mit „Wassergang“ des Windsbacher Knabenchors nach Gesangsbeiträgen und kirchlichem Segen (unter der Aufsicht von Wolfgang Seidel, dem 1. Bürgermeister der Stadt Windsbach). © *Karl Lechner*

in Leichtathletik diente der gesamte Platz vor der Stadthalle, der ‚Schießwasen'. Dort war Fußball, Handball, Weitwerfen mit dem Speer oder Schlagball und Faustball zu üben. Der 100 Meter-Lauf fand auf dem Fußweg zwischen den Bäumen der Allee statt, die zwischen Hammerer und Oberem Weiher standen und noch stehen, der Prinzregenten-Allee. Dort, unweit vor dem Weiher, war eine Sandfläche für Kugelstoßen und Weitsprung im Schatten einer riesigen Weide vor dem ‚Oberen Weiher'. Alles wurde „ungefähr" richtig gemessen und auf Listen für die Schulnote im Sport eingetragen. Dass die Allee-Strecke auf der Laufbahn auch Wurzeln der Bäume spüren ließ, durfte keine Rolle spielen. Und das Nachmessen der Strecke mit einem besseren Messband ergab fast zwei Meter weniger als die Sprintstrecke von 100 Metern. Egal: Bloß die Note von ‚Turnlehrer' Walter Dittmann musste stimmen.

Harte Vergangenheit

Was uns trennte, waren am Anfang vor allem die unterschiedlichen Erfahrungen mit dem Erlebten der „jüngsten Vergangenheit", der letzten Kriegsjahre und der ersten Zeit nach dem Krieg vor der Wiederaufnahme des gymnasialen Schulbetriebs. Viel wurde nur noch bruchstückhaft erinnert, auch Berichte von Flüchtlingen wurden nur zu Mosaiksteinen neuer Wahrheiten. Zwar gab es unter den „Zöglingen" des Pfarrwaisenhauses reichlich ‚Ungezogene', doch viele Schüler stammten aus Pfarrersfamilien und brachten von dort Überzeugungen mit. Diese Zeiten eigneten sich nicht für Späße grober Art. Flüchtlingskinder hatten wir im Progymnasium aus der Stadt und im Internat. Ins Pfarrwaisenhaus wurden tatsächlich ziemlich viele Halbwaisen aufgenommen, wenn die Väter im Krieg gefallen waren. Andererseits kamen viele „Knaben" aus eher ländlichen Kommunen, wo der Krieg zumeist nicht viel ‚angerichtet' hatte. Das war in Windsbach ganz anders. Wir kannten den Krieg direkt.

In Ansbach hatten Bomber am helllichten Tag, fast genau um die Mittagszeit, den Bahnhof bombardiert. In weniger als zwanzig Minuten wurde alles in der Nähe des Bahnhofs plattgebombt. In Treuchtlingen wurde ein Zug mit Wehrmachtssoldaten, großenteils Verwundeten, im Bahnhof angegriffen, und die Fußgängerunterführung unter den Gleisen, die als Fluchtort und Schutzraum aufgesucht wurde, zum Sarg von über 200 Soldaten. Und in Neuendettelsau wurde die MUNA (für historische Nachzügler: Munitionsfabrikanlage) bombardiert, sechs Kilometer von Windsbach entfernt. Ziemlich oft sind wir damals auch am Tag in die Luftschutzkeller gerannt.

Tieffliegende Jagdbomber der US-Airforce machten regelrecht Jagd auf alles Bewegte. Nicht nur fahrende Züge oder Fuhrwerke auf den Straßen waren Ziele der Tiefflieger-Jabos, auch einzelne Menschen wurden beschossen, so auch mein Bruder und ich bei der Heimfahrt mit einem Wägelchen voll gesammeltem Kleinholz. In unserer lockeren Gruppe Buben hatten wir mit Georg Hollenbach „Fliegerdeckung!“ geübt und konnten das urplötzlich gebrauchen. Zwei, drei Schritte, ein Hechtsprung in den Straßengraben, egal, was da drin war. Flachlegen und warten. Doch dieser Kerl von ‚Menschen-Jäger‘ drehte in niedriger Höhe eine Schleife und kam wieder, sodass jetzt nur Rettung hinter dem Stamm eines Straßenapfelbaums denkbar war. Dann zischten Geschossgarben unweit von uns in den weichen Ackerboden. Ein anderer Jabo hatte sich entlang der Bahngleise auf den Flug zum Bahnhof Windsbach gemacht. Als die Lok aus dem Schuppen rollte, schoss der Pilot auf das Gefährt und traf die Männer. Heizer Engelhardt war lebenslang verletzt, der Lokführer tot.

Aus der MUNA war ein Waggon zum Transport an einen Militärflugplatz zum Bahnhof in Neuendettelsau geschoben worden – offenbar mit etwas größerem Schwung als vorgesehen und ohne die Bremsen anzuziehen. Doch an der beginnenden Geländeneigung begann der Bomben-Waggon zuerst langsam, dann immer schneller die abschüssige Bahnlinie Richtung Windsbach hinunterzurollen. In höchster Not rief man eiligst in Windsbach an und alarmierte den Bahnhof. Dort war der junge Bahn-Mitarbeiter Sperber am Telefon, der sofort mit Bremsschuhen für Gleise dem Waggon auf dem Bahndamm entgegenrannte, die ‚Schuhe‘ auf die Gleise legte und sich abseits des Gleises in eine Mulde duckte. Doch die Bremsschuhe flogen dem jungen Mann um die Ohren, und der Waggon mit dieser gefährlichen Fracht an Bomben raste mit inzwischen ziemlicher Geschwindigkeit in den Bahnhof in Windsbach. Der Bahnhofsvorsteher, Herr Stelzle, konnte nur noch laut rufend alle Menschen in der Nähe zur Flucht auffordern und sich selbst in Sicherheit bringen. Das Unheil war zum Greifen nahe, und nur Sekunden später gab es einen Riesenknall. Der Waggon war auf den Prellbock vor dem Bahnhofsgebäude gedonnert, den Endpunkt der Lokalbahn von Wicklesgreuth über Petersaurach und Neuendettelsau nach Windsbach. Der Waggon barst und die Bomben flogen teils bis über die ganze Straße, die zum Kriegerdenkmal führte – doch sie explodierten nicht. Totenstille folgte der sich selbständig gemachten Horror-Fahrt. Doch es passierte nichts. Langsam tauchten alle Leute in der Nähe aus ihren Verstecken auf. Sie schauten genauso wie die von dem Donnerschlag alarmieren Leute aus der Stadtbevölkerung nach dem Stand der Dinge und begutachteten die Lage, immer in der Sorge, ob nicht doch noch etwas explodieren würde. Auch ich war mit schlotternden Knien dabei: 16 Bomben lagen herum, der Prellbock war beschädigt und der Waggon ein Trümmerhaufen. Doch es regte sich nichts. Starr und erleichtert zugleich standen wir daneben, bis wir nach Hause geschickt wurden. Irgendwann im Lauf der Nacht wurde die gefährliche Fracht ohne Zünder abtransportiert. Man darf sich gar nicht vorstellen, was alles hätte passieren können …

Aber als es dann schon nicht mehr möglich war, die gefertigten militärischen „Güter“ über die Bahnstrecken auf den Weg zu bringen, kam der nächste Schrecken. Man fuhr die Munition mit zwei voll beladenen Waggons auf dem Gleis von der MUNA zu einem Halt südöstlich von Wernsbach, etwa zwei Kilometer vom Bahnhof Windsbach und nur einen Kilometer von der Wernsmühle entfernt – an einen Punkt, wo man die ganze Ladung zur Explosion brachte. Ein Höllenspektakel! Über mehrere Stunden bis Mitternacht ein schauriges Feuerwerk mit ganz unterschiedlichen Kalibern. Man wusste nie, wie weit einzelne Teile davonflogen, vielleicht Splitter, vielleicht ganze Granaten.

Appell bei hohem Besuch 1938: „Stramm gestanden!" vor dem großen Opfergang.

Und auch in Windsbach fielen Bomben, am Kellerberg krachte und schepperte es, als sie einschlugen, und auch drei bei Untereschenbach. Die metertiefen Krater im Sandboden neben der Straße nach Wassermungenau wiesen Splitter auf, deren Kanten so scharf waren, dass man sich fast schon beim Hinschauen die Hände aufriss.

Als die Front täglich näher rückte, von Geschützdonner bis weit westlich von Ansbach begleitet, lag die Lufthoheit längst bei den Alliierten. Man konnte sich, besonders in Fahrzeugen, eigentlich nur noch nachts aus der Stadt bewegen, tagsüber nur noch im Schatten von Bäumen oder an Häuern entlang. Jede größere Bewegung wurde auf die Nachtstunden verlegt. Doch das ging nur ohne helles Licht. Verdunkelung auch jedes Fensters war strafbewehrte Bürgerpflicht bei Androhung harter Strafen. Auto-Lampen hatten auf den Scheinwerfern nur einen waagrechten schmalen Schlitz, durch den wenig Licht auf die Straße drang; die größere Scheinwerferfläche war zu verkleben.

Nun wurde aus älteren Männern ein sogenannter „Volkssturm" zusammengezogen, die das Werfen von Handgranaten übten und die schnelle Deckung mit dem Gewehr. Von uns Buben wurden die älteren Männer als ungelenk wahrgenommen, deren Schulung als durchwachsen.

Als die feindlichen Truppen entgegen den Erwartungen nicht von Ansbach her, sondern vom Norden aus Reuth heranrückten, waren die Männer des Volkssturms längst oberhalb von Elpersdorf in Stellung gegangen. Die regulären Truppen hatten sich auf dem Rücken des Höhbergs bis Obererlbach und Wernfels ‚eingerichtet'. Als die Meldung wie ein Lauffeuer durch die Stadt ging, dass der Feind schon fast „beim Heinkel", dem ersten Anwesen von Heilsbronn her, auf Windsbach zuführe, schoss die Wehrmacht Warnschüsse über Windsbach hinweg ab. Doch eine Granate krachte in den Garten von Maler Strob, wo sie explodierte und Hermann Ortner ein Auge kostete. Die Buben mit Hans Strob hatten sich dort spielend aufgehalten – ein böser Schaden aus den Reihen der ‚Verteidigung', eine Verzögerung des Zusammenbruchs.

Nach dem kurzen Sperrfeuer zogen sich die Amerikaner zunächst wieder zurück und standen dann am nächsten Morgen um sieben Uhr auf der Abzweigung der Moosbacher Straße von der Heilsbronner Straße zwischen dem Gebäude des Progymnasiums, dem Lehrerhaus und dem Pfarrwaisenhaus, das jedoch zu dieser Zeit Lazarett deutscher Soldaten war. Wir Kinder durften zwischen den Militärfahrzeugen herumlaufen. Wir hörten unverständliche Funksprüche, auch mit Aufklärungsfliegern in der Luft darüber, hektisches Hin und Her von Soldaten zwischen einzelnen, meist gepanzerten Fahrzeugen. Schwere Panzer waren zuerst nicht dabei. Die friedliche Übergabe der Stadt Windsbach wurde da verhandelt. Dann schickte man uns weg, befahl, weiße Tücher zum Zeichen der kampflosen Übergabe aus den Fenstern jedes Hauses zu hängen, und fuhr mit Gewehren und Maschinengewehren im Anschlag den Berg herunter durch die

Stadt. Doch die friedliche Ruhe hielt nicht lange an.

Das Kriegerdenkmal für die Opfer der beiden Weltkriege.

Noch am selben Nachmittag wollten die Truppen, nun mit schweren Panzern, weiter Richtung Süden, wurden da aber nicht willkommen geheißen. Der Volkssturm trat in Aktion und nahm die Truppen gebührend in Empfang. Mehrere verwundete US-Soldaten wurden in rasender Fahrt durch die Stadt zur ärztlichen Versorgung an den oberen Stadtrand und danach ins Krankenhaus nach Neuendettelsau gefahren. Ob es Tote darunter gab, erfuhren wir nie. Einige Windsbacher Bürger allerdings fielen noch beim Volkssturm der militärischen Übermacht zum Opfer.

In einem geheimen Frontprotokoll des Pentagons in Washington, das viel später dem Heimatverein Roßtal zur Verfügung gestellt worden war und zu mir gelangte, weil wir in Windsbach zu diesen Gebieten gehörten, wo das US-Militär Eroberungen gemacht hatte, las ich, dass man im Gebiet ab dem Höhberg weiter hinüber zum Hahnenkamm „keine Gefangenen gemacht“ hätte. Der Soldatenfriedhof bei Treuchtlingen ‚schweigt‘ da wohl Bände.

Nur einen oder zwei Tage nach der Einnahme von Windsbach kam es von Ansbach her zu dem auf beiden Seiten verlustreichen „Kampf um Merkendorf“, den ich in den 80er-Jahren mit unterschriebenen Zeugenaussagen dokumentiert habe. Da passierte Böses.

Uns, meine Mutter mit zwei kleinen Buben, warf man am Tag nach dem Einmarsch „innerhalb von 20 Minuten“ bei Regen aus dem Haus und quartierte sich als Sieger in unserem Haus ein. Ob man in der überfüllten kleinen Stadt überhaupt eine Unterkunft finden würde, war der Soldateska, die sich unehrenhaft für drei Tage in unserem Haus aufgehalten hat, völlig egal. Wir durften, mit kleinem Hab und Gut auf unserem Leiterwägelchen ankommend, nach mehrfachen Fehlbitten an anderen Haustüren, bei Familie Weberndörfer am Leitersbach übernachten. Aber die Versorgung mit Essen war dabei schon wieder ein Problem. Irgendwie wurde es gelöst. Wie immer damals. Irgendwie! Zuverlässig brachte täglich Frau Kränzlein die Zeitung, Herr Lehr die Post.

Das Lazarett wurde fair behandelt und etwas später aufgelöst. Ein Jahr später entstand dort die Unterkunft für die Lehrer, die nach dem Umbruch für die Schulen ausgebildet wurden; für das Provisorium wurde das Gebäude des Progymnasiums genutzt.

Von alledem hatten die danach ankommenden „Zöglinge“ des nun neu lizenzierten Pfarrwaisenhauses keinen Schimmer. Es musste sie auch nicht interessieren.

Aber nach der kurzzeitigen Lehrerausbildung begann wieder so etwas wie Normalität: wieder entstand „oben“ das Pfarrwaisenhaus, „unten“ in der Stadt richtete man sich wieder darauf ein. Und bald sollte auch der gymnasiale Schulbetrieb wieder beginnen.

Neues Leben in Pfarrwaisenhaus und Progymnasium

Was uns Stadtschülern abging, war die Möglichkeit der Heimschüler, beim Auftreten von Wissenslücken oder Schwierigkeitsschwellen ältere Mitschüler befragen zu können. Da konnte schon eine kleine Hilfe ein großes Lernhindernis bewältigen und damit Irrtümer oder viel Zeit des Suchens ersparen, als noch kaum Lehrmittel zur Verfügung standen, Hefte mit schlechtem Papier und Stifte Mangelware blieben, es zum Schreiben nur Federn mit Tinte und das Tintenfässchen in der Schulbank gab. Was wir lernen sollten, mussten wir vorher im Unterricht nach Diktat erst aufschreiben, weil es keine Bücher gab. Und zum Zeichnen und Malen fehlten oft Stifte und die Farben. Proteste wären kein gutes Mittel gewesen, um etwas zu verbessern, dafür hätte man kein Verständnis gehabt, sie waren weder erlaubt noch hätten sie Erfolg gehabt. Defizite blieben so lange Zeit die Regel. Für „Frechheiten" waren Verweise angedroht, sogar eine „Entfernung" vom Gymnasium. Für Halbwaisen wie Hans-Martin Blank, die Zuschüsse für den Heimaufenthalt benötigten, eine ständig begleitende psychologisch enge ‚Manschette'.

Dennoch gab es das Leben und Sorgen, das Treiben, Hören, Sehen und Empfinden „dazwischen" im ganz gewöhnlichen Tun. Das Pfarrwaisenhaus, wie es damals noch hieß, die Schüler und die Leitung mit den Präfekten, die Haushaltung mit den Gärtnerinnen einerseits – die beliebte Gartenschwester Marie wurde von den Schülern despektierlich „Spinatwachtel" genannt (Aber wann war die Jugend je gerecht? Welchen Maßstäben konnte man gerecht werden, wo man doch statt Blumen überall, wo es ging, Gemüse anbauen musste?) – und die passiv beteiligten Nachbarn andererseits boten nach beiden Seiten unser Gegenüber: Als Mitschüler von Volksschulkameraden und Nachbarinnen da und

Mitschülern im Progymnasium dort, gleichzeitig als Nachbarsbub nur 80 Meter in Hörweite vom Heim, später 120 Meter vom Studienheim und vom Chorprobensaal, war man „dazwischen“: akustisch Teilhaber wie optisch Teilnehmer, auf jeden Fall immer aktiv und passiv ‚dabei‘. Ein Leben in Windsbach lief für meinen Bruder Dieter und mich ab ohne direkte Nachbarschaft, nur mit Augen und Ohren in beide Richtungen, nach „oben“ zum Heim und zu den Leuten in der Stadt; Stadtbürgerfamilien wollten zurückhaltend ja auch nichts falsch machen.

Mit dieser Rolle fanden wir uns nicht bloß ab, wie empfanden sie als klare Doppelrolle, als Last und Vorzug. Und manchmal bedauerten wir die Heimschüler wegen ihrer natürlichen täglichen Begrenzung ihres jungen Seins und Wollens, dem wir ‚unten‘ viel mehr Freiheit entgegensetzen durften. Daraus ergaben sich die Gefühlsmomente vermeintlich gerechter ausgleichender Schicksals-Zuteilung. Dass mehrere Klassenkameraden im Krieg tatsächlich Halbwaisen geworden waren, ließ das Thema Gerechtigkeit eh im Halse ersticken. Besser ging es wohl den Sängern eines in der Gründung befindlichen Chores. Zum Chorsänger reichte es für mich nicht, obwohl auch Stadtschüler willkommen gewesen wären, wie beispielsweise der Förstersohn Hermann Thoma oder Wilhelm „Bill“ Meyer, Sohn des Mesners der Stadtkirche, der später bei der Deutschen Bank in Nürnberg war. Mich ereilte nach einer Singprobe das eindeutige Urteil von Musiklehrer Hans Thamm, eine „Rauschquinte“ zu sein: zum Mitsingen in „seinem“ Chor ganz sicher ungeeignet. Ich wusste zwar nicht, was eine Rauschquinte sein sollte, aber mir war klar: nix fürs Singen.

Meine Stimmbänder waren freilich seit meiner frühesten Kindheit in Mitleidenschaft gezogen gewesen. Sehr „warme“ Nesselwindeln hatten mich als Baby dazu veranlasst, tage- und nächtelang sehr viel zu schreien und mich freizustrampeln. 18 Jahre später wusste meine Mutter, warum das so gewesen war: Sie hatte mir aus dem Stoff der früheren Windeln ein Hemd genäht, das ich nur einmal vier Schulstunden lang ertrug.

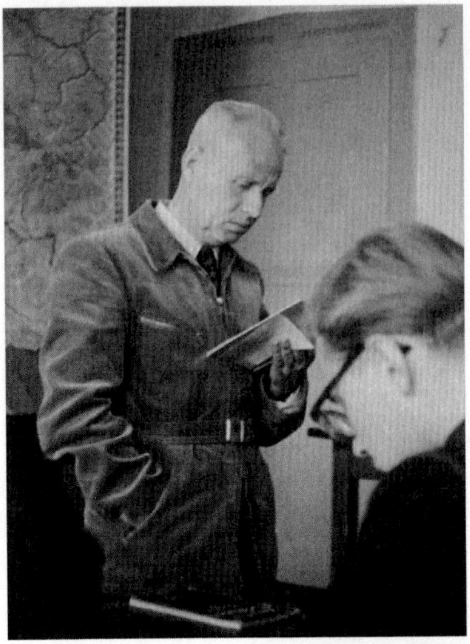

Lehrer am Gymnasium: Dr. Fellmann, Dr. Flierl und Dr. Koch.

Ein plötzlicher Chorsänger

Als ich in München am Theresien-Gymnasium meine letzten Schuljahre bis zum Abitur absolvierte, war der Musiklehrer Herr Gärtner, ein begeisterter Anhänger des da schon bekannten Windsbacher Knabenchores, froh, einen „Windsbacher" unter seinen Schülern zu haben. Auch wenn ich ihn im Singen nicht überzeugte und ihm sogar mehrfach beteuerte, nicht im Windsbacher Chor gesungen zu haben, musste ich in den Schulchor eintreten, weil der Musiklehrer stolz sein wollte auf ein solches Mitglied in seinem Gymnasiums-Chor. Also sang ich halt so gut es ging mit. Aber die Abiturnote 3 in Musik konnte ich nur mit einem guten Ergebnis aus der Gehörprüfung retten. In München musste man im Fach Musik auch Musikgeschichte und Stilrichtungen sowie

Abiturklasse im Theresien-Gymnasium München; Frieder Frischeisen in der Mitte, 6. von rechts.

bewertende Interpretation von Orchestern lernen und können, das war in Windsbach nicht so gewesen. Den Stoff nachzuarbeiten, gerade im Abiturjahr, war kaum zu schaffen. Auch in den Fächern Geographie und Biologie sowie in Geschichte wurde in München sehr viel mehr verlangt als in Windsbach.

Dass ich später als Vorsitzender des „Windsbacher Freundeskreises“ noch viel näher am Chor sein würde, gar mit Hans Thamm zu tun haben würde, mit ihm sogar freundschaftlich verbunden sein, konnte ich zu diesem Zeitpunkt noch nicht ahnen.

Heimat dazwischen im Klein-Format

Was aber war das Geheimnis des besonderen Seins zwischen einem Institut mit einem in Fachkreisen weltbekannten Knabenchor und einem Städtchen mit einem fast ganz normalen, wenn auch historisch besonderen Werdegang im Tagesablauf?

Was an unserem Anwesen samt dem Umgriff und dem Umfeld hat die Erinnerung so wachgehalten, hat die Kinder- und Jugendzeit so tief eingeprägt, als ob alles erst im letzten Jahr gewesen wäre? Was hat ein erinnerliches „Dazwischen" eben nicht bloß räumlich – und dafür doch sehr deutlich – besonders wertig erscheinen lassen? Lag unser Zuhause nicht eigentlich eher abseits, nicht im Häuser-Ensemble mit direkt nebenan wohnenden Nachbarn, mit einem Garten, in den Passanten von keiner Seite auch ohne Hecken keinen Einblick hatten? War es die optisch schützende, umgebende ‚kleine' Natur um das Haus herum mit den vielen Bäumen, mit dem kühlenden Schatten der Linden, Kastanien und Eschen, all den trockenen Wasen im Sommer, mit den schneebedeckten kleinen Hängen zum Schlittenfahren im Winter? Blieb nicht von allen Seiten genügend Distanz – trotz aller Laute in unsere Richtung? Woher entstand dieses Gefühl des Winkelglücks trotz der Lage auf einem ‚Präsentierteller', des Geborgenseins trotz des – von Tiefenpsychologen so bezeichneten – Gebäude-Drohblockes des ‚Kastens' und dem ständigen Treiben auf der Stadtseite mit allem Alltagsleben, zusammengefasst „Straßenlärm" genannt?

Oder war genau daraus auch ein Wohlfühl-Effekt entstanden, der sich ergab aus Familien-Grundstück, Früchten im Garten, Ernten aus Baum- und Gartenpflege mit viel Arbeit, Spiel- und Freizeiträumen, Ausblick und etwas Fernblick hinüber bis zum bewaldeten Bergrücken des Höhbergs südlich von Mitteleschenbach vor dem Mönchswald? Wie auf einer Insel? Durchblick aus der

Das Elternanwesen im Jahr 1934 die Haus-Nummer 133 a, dann Rother Straße 1.

Nähe zu Stadt und Anstalten? Ein Gefühl des Ausruhen-Dürfens bei allem Lärm und den Geräuschen dabei? Belastung? Bereicherung? Abstand oder Nähe? Rückversicherung oder bloß Haus mit Garten und zwei Kellern? Einer Schüpfe mit Hühnerstall, Hasenställen, einer Werkstatt und der selber gebauten Drechselmaschine unseres Vaters, der damit in den Jahren nach der Rückkehr von sowjetischer Kriegsgefangenschaft aus Sibirien in der Nähe von Tscheljabinsk bis zur Entnazifizierung und danach sein Einkommen und unsere Nahrungsmittel beschaffen konnte? Einem von keinem Imker genutzten Bienenhaus, nur für Gartengerät? Zwischen einem Acker und einer Straße nach Roth, Schwabach, Abenberg und Nürnberg? Nach München?

Trog dieses Gefühl? Wenn man zusätzlich den Verstand befragt: Gab alles eine tief empfundene und klar verstandene Sicherheit begrenzter Unabhängigkeit? Man war wie eingepfercht, aber auch wie in einer Art Burg beschützt. Wie Grenzpfosten zwischen zwei grundsätzlich unterschiedlichen Arbeitswelten. Oder waren es eher Eindrücke als verbindende ‚gelebte' Brückenpfeiler? Möglicherweise geschah alles zusammen aus der Erfahrung der Zeit heraus. Im Grunde waren freilich solch Empfinden und Erkennen aus einem persönlichen Bemühen heraus gewachsen, genauer hinzuschauen, kleinste Dinge, Blüten, Blumen und Lebewesen wie Raupen, Käfer, Vögel wahrzunehmen, das Werden und Wachsen der Pflanzen, Blätter und Früchte, die Natur in allen Jahreszeiten nicht bloß anzuschauen und zu sehen. Eindrücke bleiben nie ohne Gehörtes, ohne die Gerüche, ohne die tief empfundene Wohligkeit frischer Luft, ohne das Sinnen und Träumen im Nachdenken. Erst nach dem bewussten Wahrnehmen folgt das Begreifen und es entsteht eine Kraft, die es ermöglicht, Ziele zu erreichen. Da beginnt die Verwurzelung im Heimatgelände, wie bei Pflanzen, mit den kleinen, feinen Würzelchen zuerst. Der Zugriff auf eigene Wurzeln vermittelt das eigene Werden. Nur auf einem starken Wurzelstock wächst ein starker Stamm, an dem andere Halt finden können und der zu einem früchtetragenden und schattenspendenden Blätterdach aus den Baumkronen gelangt. Um das zu erleben, braucht es die Bereitschaft, sich mit allen Sinnen zu öffnen. Eigentlich braucht es alles: persönliche Verwurzelung auf Heimatgelände, eine Stammbildung mit gutem Holz und eine breit aufgestellte Bildung starker Äste in freiem Umfeld. All das hatten und genossen wir. Und dafür sind wir noch im Alter – oder besser gesagt in ‚reifer Jugend' – dankbar. Doch das zu erkennen ist die Aufgabe jedes Einzelnen. Achtlosigkeiten rächen sich. Wem es aber gelingt, sich seiner Herkunft zu öffnen, wird dafür reichlich belohnt. Eine solche Öffnung reicht weit und macht sogar Fernreisen zu einem größeren Erleben. Ja, man lernt die Gesellschaft der Herkunft zu schätzen. Heimatfreunde werden nie fremdenfeindliche, radikale Menschen, weil sie die Heimatliebe der anderen, die Verwurzelung an deren Heimat sehen und schätzen. Entwurzelung aus Achtlosigkeit von Wert und

Werden führt potentiell zu Radikalisierung (das zeigt sich schon im der Wortherkunft, lat. radix = Wurzel), also zu einer Entwurzelung, die der Heimatfreund vermeidet. „Ohne Herkunft keine Zukunft" ist bedeutsam. Radikalität hat keine Zukunft. Um seine eigenen Wurzeln zu sehen, zu erkennen, sie anzunehmen wie seinen Namen, muss man sich schon selbst bemühen. So wurde mir erst spät bekannt, dass Frischeisen ein Berufsname ist (wie Schmidt von Schmied oder Stellwaag), und das Stählen von Eisen bedeutet. Sich zur Heimat zu bekennen erzeugt Verbundenheit, wenn man lernt, sein persönliches Umfeld, seine Nachbarn, seine Natur und Kultur zu schätzen. Alles zusammen wird Heimat – wenn man sich zu ihr bekennt. Und das setzt Kenntnis voraus. Distanz zu üben, gilt oft als fein, wirkt aber steril. Das Sich-Raushalten von Höhen und Tiefen, das Fernbleiben bei Niederschlägen und Niederlagen, um weniger Schönes nicht mit vertreten zu müssen. Wenn man bei Klassenkameraden aus dem Heim einen Besuch machte und unvorbereitet dort ‚aufschlug', musste man sich für seine kleinteilige Heimat in Windsbach nicht genieren. Gekocht wurde überall nur mit Wasser.

Wie aber schafft man das vertiefende Erkennen seiner Herkunft, um Zukunft daraus wirklich bewältigen zu helfen? Wie kann das gelingen?

In die Kleinstadt selbst mit eintauchen dürfen

Unser Klassenkamerad ‚Matthes' Strob, Stadtschüler wie ich am Progymnasium, wohnte in der Retzendorfer Straße gegenüber dem Kaufhaus Rühl. Er hatte im Deutsch-Unterricht einmal einen so schönen Aufsatz geschrieben, dass er ihn vorlesen durfte. Thema: „Eine Kleinstadt wacht auf". Er schilderte anschaulich, wie die ersten Sonnenstrahlen die ersten Laute der Vögel begünstigen, wie Stallvieh an seinen morgendlichen Hunger erinnerte, wie die Molkereifahrzeuge scheppernd die schlechten Straßen befuhren, um die Milchkannen vor den Bauernhöfen abzuholen, wie Leute zum Bahnhof hetzten, Hausfrauen zum Bäcker, um fürs Frühstück frisches Brot oder Semmeln zu holen, wie die Düfte von den Bäckereien lockten, Wurstgerüche aus Metzgereien drangen und die Laute aus Hühnerställen und Schmieden. Die Schmiedemeister warfen ihr Feuer an, um Hufeisen zu schmieden. Dann läutete die Lokomotive des Zugs am Bahnhof ihre Überfahrtssignale über die erste Straße am Leitersbach, ließ pfeifen. Die Zimmereigesellen schoben auf Pritschwagen ihre fertigen Balken zu einer Baustelle; Sandlastkraftwagen rollten schwer beladen über die Rezatbrücke. Sein Nachbar Vogelhuber hängte sein gegerbtes Leder über ein aufgespanntes Seil. Die Seiler der Familie Stellwaag stellten die Böcke zum Seiledrehen auf, die Schuster klopften die ersten Nägel zum Sohlen von Stiefeln ein; die Maler mischten ihre Farben, die blechverarbeitenden Flaschner brachten ihre Werkzeuge in Stellung, Eisenverarbeiter sägten die ersten Stangen mit kratzendem Geräusch, die Polsterer spannten ihre Stoffe, die Schneider schnitten ihre guten Tuche, die Wagner sägten Hölzer für einen neuen Wagen; Kühe ließen ihre riechenden Hinterlassenschaften beim Wagenziehen hin aufs Feld unterwegs ungeniert auf die Straßen platschen. Schuhhändler ordneten ihre Schaufenster, frisch geschniegelte Personen mit Krawatten und Aktentaschen fürs Vesperbrot schritten zu ihren Ämtern und Büros, auch Lehrer erhobenen Hauptes, um respektvolle Grüße gebührend entgegenzunehmen. Und die ersten Hunde wurden auch schon mal böse. Beim Zuhören in der Klasse fühlte man sich mitten im Geschehen, akustisch, optisch, mit den Gerüchen, als würde man alle Eindrücke selbst miterleben.

Daraus lernte ich sehr viel: Bei einer Betrachtung kommt es nicht auf den Blickwinkel oder den Betrachter an, sondern auf das Ziel-Objekt, wenn objektiv betrachtet werden soll. Eindrücke bleiben beim Wahrnehmen umso tiefer hängen, je genauer man etwas mit bewusster Blickschärfung aus seinem Blickfeld erfasst hat. Erst dann kann man erkennen, was fehlt im Gesamtbild und im Geschehen. Das kann dann zum Anstoß für Schöpferisches führen, auf jeden Fall zu einer Art Aussagekraft, um die ich mich ein ganzes Leben lang bemüht habe und noch bemühe. Aber im Bericht weiter:

Der Büttner legte seine Dauben zurecht, um ein Fass zu fertigen – ganz typisch war das rhythmische Klickern des Sperrriegels beim Einrasten in die Spindelschraube der Handpresse – öffnete das Tor seiner Mosterei gerade in dem Moment, als Schüler auf dem Weg in die Schule vorbeigingen und intensiv riechenden Apfelmost rochen. Wirte öffneten in Wirtshäusern die Fenster, um den Rauch der Zecher hinauszulassen, und rückten in Gasträumen Stühle zurecht.

Ein Bild für alle Sinne, eine Dokumentation für die ‚eigene Ewigkeit'. In der kleinen Stadt Windsbach hatten wir Berufe manchmal mehrfach vertreten, so gab es zum Beispiel drei Schmiede, vier Sattler, zwei Wagner, fünf Schuster, vier Bäcker. Auch gab es neben Elektro Heckel, heute Café und Konditorei Helmreich, und Elektro-Krug einen Elektro-Zimmermann neben der Post und dem Metzger Körber. Es gab zwei Farbenhändler und drei

Windsbacher Idyllen.

Windsbacher Stadt-Motive.

Tuchhändler sowie drei Geschäfte für Haushaltswaren. Und natürlich die Lebensmittelhändler, einen davon sogar am Sandbuck, einen in der unteren Vorstadt, manche im Nebenpack zu Stoffen und Wollwaren, wie damals auch noch der ‚Schneider-Beck', später Bekleidungshaus. Niemand regte sich auf oder ab über zwei ‚Kolonialwarenläden'.

Es gab viele Kleinbauern, mindestens drei Großbauern mit starken Pferden, Großberger in der Ludwigstraße, Edel, Spalter Straße und Wüstner in der Burggasse – für Zugdienste wie Langholz und die Rettung von Wagen aus Straßengräben. Auch ein Hirte, der Böhms Schäfer, führte seine Herde in die Hintere Gasse. Alles passte irgendwie gut und wirkte zusammen fast wie eine autonome Gesellschaft. Dass dazwischen die Molkerei mit schwarzem Rauch aus dem einzigen hohen Schornstein und ein Sägewerk mit Zimmerei an der Denkmalstraße mit sehr lauter Gattersäge neben dem Stadtmühlsägewerk an der Rezat standen, machte schnell deutlich, dass für eine Gesamtbetrachtung mehr als nur Hören, Sehen und Riechen nötig waren. Die psychische Wirkung sollte in Detail-Betrachtungen, Momentaufnahmen von Ereignissen und selbst veranlassten Beobachtungen im engeren Daheim meiner Jugend zusätzliche Bedeutung erlangen. Was uns Jugendlichen fehlte, war das Erkennen von dynamischen Entwicklungen. Dafür gab es ja auch keinen Anschauungsunterricht im ‚Städtla'. Dass Windsbach mit einer Amtsburg und einer Kirchenburg gegründet worden war, mit einer wichtigen Handelsstraße dazwischen, der späteren Hauptstraße, ergaben erst Untersuchungen des Heimatvereins in den letzten 15 Jahren des letzten Jahrhunderts klar aus dem Lageplan.

Einer solch kleinteiligen, aber hoffnungsvollen Entwicklung sah Windsbach nach dem Zweiten Weltkrieg zunächst dennoch entgegen. Eine Drogerie eröffnete, ein Buchhandel mit Schreibwaren am Sandbuck (Kuhnke) mit einem kleinen Handel, die Vesuv-Kesselofenfabrik – zum Unternehmen Meyer gehörig – durch Herrn Drees machte ebenso Schlagzeilen wie die „Negerkuss"-Fabrikation von Dauscher mit Umsätzen in ganz Deutschland. Galda-Reifen-Handel blühte, Kwitt eröffnete mit Omnibussen, die Tauschzentrale brachte manches Gebrauchte in Umlauf, Familie Kratzer übernahm die Stadtapotheke, wobei sich Herr Kratzer sofort in Vereinen engagierte, neben dem Schießwasen erblühte ein Kino in einer früheren Scheune, im Volksmund die „Scheunen-Lichtspiele" – neben den Vorführungen in der Stadthalle also ein zweites Kino. Wobei der Betreiber Joseph Weinl gleich noch ein Elektrogeschäft eröffnete, gleich nach dem Kaufhaus Rühl in der Friedhofsstraße. Der Bader Cerny eröffnete, Krehan gründete eine Firma, Anton Karl aus Karlsbad ebenso, Joseph Lögler ein Milchwarengeschäft in der Hauseinfahrt des Hauses von Frida Spelter in der Hauptstraße neben dem Oberen Gassner, der Maler Cerny eröffnete eine eigene Werkstatt, Massanetz eine Zimmerei, Alberter ein Uhrengeschäft, Schwalm einen großen Tabakwarenvertrieb, Heimbrecht hatte eine sehr gute Vertretung. Und der älteste der Brüder Cerny heiratete die ältere Schwester meines Klassenkameraden Mathias Strob und durfte mit ihr den Farbenhandel Strob von ihrem Onkel übernehmen: heute der blühende Einrichter „CERNY" in der Spalter Straße. Heiner Gassner übernahm eine Versicherungs-Agentur, Spelter machte eine Wäscherei auf und Schlosser Reuter blühte mit seiner Tankstelle auf, mit Fahrrädern und seinen Landwirtschaftsfahrzeugen. Brichzin hat sich als Bauzeichner in Neuses eingerichtet. Helmreich eröffnete eine Konditorei mit Café, Zahnarzt Dr. List war aus Nürnberg da und Zahnarzt Peinl dazugekommen, der zunächst die Praxis Graf übernahm und dann in die Hauptstraße zu Elektro-Zimmermann umsiedelte. Zahnarzt Hans Graf in der Bahnhofstraße hörte auf, die Arztpraxis von Dr. Großberger wurde von Dr. Luft übernommen. Auf Frau Dr. Dursteller folgte Dr. Umlauf. Ein Kiosk an der Rezatbrücke – mit Ernst Holl – sorgte für die neuesten Blätter vom Tage und für Zigaretten, ein weiterer am Schießwasen neben dem Haus Stoll war von Familie Tschampel so gut betrieben, dass die Schüler des Studienheims mit kleinem Taschengeld die Einkäufe beim Tschampel als „Tschampeln" bezeichneten. Hans Link machte sein Können mit Kunstschlosserei in der vorigen Schmiede Groß bekannt. Die Baugeschäfte Grimm und Ulsenheimer sowie Tiefbau Meyer blühten und die BAYWA steigerte ihre Geschäfte deutlich. Der „Hindenburg", der Mann mit dem typischen Bärtchen, mit einem Pritschenwagen und einem schönen Pferd davor, betrieb weiterhin die Zufuhr mit Eilgut vom Güterbahnhof Windsbach. Wenzel Cerny übernahm den Farben-Strob und hatte überregional Erfolg. Harreiß und Gugel siedelten an den Sandbuck. Und der Schneider-Beck baute aus. Es tat sich was in der Stadt. Wo im Zentrum an der Bahnhofstraße bald die Rühls Schwester Käthe Heinlein ein Kaufhaus eröffnete, die zunächst im Saalbau Fischer begonnen hatte, begann neues Leben statt der Schreinerei des „Stolls Andreser". Auto-Huber wuchs und Herbst baute aus. Im Gegenzug bauten manche Altfirmen mehr und mehr ab. Aber die Molkerei engagierte sich in Windsbach stärker und trug der Zimmerei Georg Frischeisen große Aufträge ein wie den Dachstuhl für den großen Studienheim-Neubau. Fritz Röschinger machte immer mehr das Rennen in der Baubranche, die sich Ernst Müller am Fohlenhof im Fluge mit Rollladen eroberte. Herr Barthel wuchs mit der Stadtmühle, für die er den Sägewerks- und den Müller-Meister mit Ausbildung erwarb. Kullick baute einen blühenden Holzhandel auf, Gassenmeier hatte eine ebenso gute Schuhvertretung. Die Bürger im ‚Städtla' waren stolz auf den Aufschwung und die wachsende Beschäftigung, wobei dazu bald die knappen Flächen an Grund und Boden innerhalb der Kleinstadt Grenzen setzten. Da hatte sich Gustav Meyer/Baugeschäft, weitsichtig schon mit Grundstücksflächen eingedeckt. Zwischen Bahnhof und BAYWA wurde Langholz angeliefert, wo Kullick für Grubenholz in den Zechen des Ruhrgebiets Holzstützen sägen ließ. Inzwischen war auch das Mühlenhandwerk der Wernsmühle zu einer kleinen Industrie „mutiert". Die Station der N-ERGIE hatte nach wie vor in Windsbach Bedeutung. Und am Sandbuck hatte sich sehr viel getan, was Arbeit und investives Leben schaffte (z.B. durch Meyer und Schwarz).

An sommerlichen Sonntagen fuhren Sonderzüge im Bahnhof Windsbach ein, die so lang waren, dass man sie im Bahnhofsbereich auf zwei Gleise teilen musste, um eine Straße nicht zu blockieren. Sie brachten Badegäste aus Nürnberg, die durch die Stadt bis nach Retzendorf zum Waldstrandbad liefen.

Friedrich Dauscher, Fabrikant für Süßwaren einschließlich Bonbons, durfte seine eigene Firma nicht mehr führen, genauso wie Hans Hagelauer seine Baustoffhandlung. Doch dazu mehr. Hans Hagelauer war vorher Ortsgruppenleiter seiner Partei gewesen. Seine Firma wurde treuhänderisch an den Flüchtling Diplom-Ingenieur Koreis übertragen, der sie bald wieder abgab. Er wurde führend in der Geschäftsleitung der Filiale München des Baukonzerns Hochtief aus Essen, als er große Wohnsiedlungen aus dem Münchner Boden stampfte. In Windsbach wohnte er und baute sich ein schönes Haus am Luderbuck im heutigen Ortsteil Neuses. Jede Woche fuhr er am Montagfrüh nach München – ab und zu durfte ich mitfahren, als ich dort dann im Gymnasium war. Manches gute Gespräch ist mir davon in Erinnerung. Er sorgte wesentlich für den baldigen Bau der Umgehungsstraße um Bechhofen bei Windsbach.

Wie das Leben so spielt

Über Hans Hagelauer ist eine Geschichte von Bedeutung zu berichten. Meine Eltern pflegten guten Kontakt zur „Schneiderbecks-Jeanette“, zur Frida Spelter, zur Familie Hagelauer/Fischer, zu den Familien Grillenberger und Heiß, gelegentlich auch zur Familie Pöllmann. Bei einem solchen Kaffee-Kränzchen erzählte Frida Spelter, als sie längst aus dem Postdienst ausgeschieden war, was ihr dramatischster Moment als Fräulein vom Dienst, der Telefon-Verbindungs-Stöpslerin – gewesen war. Sie konnte (oder musste) ja alle Gespräche von der Amtszelle der Post im alten Rentamt mithören. Eines Tages stürzte „HansHans“, wie Hans Hagelauer genannt wurde, in das Postamt und forderte sofortige Telefon-Verbindung mit der Parteileitung in Ansbach. Das war schon erstaunlich, weil er doch selber zuhause ein Telefon hatte. Dann wurde es dramatisch und laut: Hagelauer, der wohl eine Depesche per Boten erhalten hatte, nach Ansbach: „Das können wir doch nicht machen. Das sind doch unsere Kunden, mit denen wir erst heute noch Geschäfte gemacht haben!“ Die Stimme aus Ansbach sehr hart und ebenso laut wie vorher der Windsbacher: „Sie haften mit Ihrem Kopf!“ Verstört verließ Hagelauer das Postamt. Am nächsten Tag wusste auch Frida Spelter, so ihr Bericht, was das alles zu bedeuten hatte. Dazwischen lag die „Reichspogromnacht“, in der auch in Windsbach gewütet wurde. Die Synagoge vor dem Oberen Tor wurde nicht angezündet, weil die Nachbarshäuser zu nah standen und sonst gefährdet gewesen wären. Aber man hatte sie verwüstet, später im Krieg als Wohnplatz für russische Kriegsgefangene genutzt, die Stammholz am Bahnhof für die Zechen im Ruhrgebiet zu gleich langen Stücken sägen mussten. Die durchgeführten Maßnahmen trugen dem vormaligen Ortsgruppenleiter dann bei der „Entnazifizierung“ vier Jahre Haft ein, einigen Mittätern andere Strafen.

Friedrich Dauscher übergab erzwungenermaßen die Geschäftsleitung seinem Sohn Friedrich, der sehr jung übernahm und dabei von Prokurist Michael Grillenberger unterstützt wurde. Derweilen fuhr der Senior durch die Gegend und schrieb Aufträge von Lebensmittelhändlern zur Lieferung von Backwaren wie Lebkuchen und anderem Feingebäck sowie Süßwaren, letzteres später von Schwiegersohn Armanski bestens weitergeführt. Eine Begebenheit kann ich nicht auslassen zu berichten. Als Senior Dauscher in der Altmühl-Gegend in einem Tante-Emma-Laden, von zwei älteren Schwestern geführt, mit seinem Auftragsblock erschien und die Angabe einer regelmäßigen Bestellung notieren wollte, musste er zusehen, wie sich die eine der Schwestern am runden Hintern durch den Rock kratzte. Da dieses merkwürdige Schauspiel über eine halbe Minute dauerte und der Notizblock noch immer leer war, erlaubte sich der spaßige Senior die Frage: „Hommer Hämmeriddn?“ (Haben wir Hämorrhoiden?). Die verdutzte Frau drehte sich um, öffnete die Tür hinter sich und rief die Treppe hinauf: „Marie, Marie, homm mier Hämmeriddn?“ Die Schwester vom Obergeschoss herunter: „Naa, bloß Zuban!“ (eine damals führende Zigarettenmarke).

Im Hause Münter/Meyer am Beginn der Rother Straße, Metzgerei, wohnte im Obergeschoss eine gewisse Zeit lang das ältere Ehepaar Eppler mit einer kleinen Schusterwerkstatt. Daneben die Tochter Münters, Sophie Kabel, Kriegerwitwe, und im zweiten Obergeschoss das Ehepaar Schultz-Gora, das in Westpreußen ein großes Gut hatte zurücklassen müssen. Der Mann mühte sich mit einem kleinen Saxer-Motorrad und großem wasserundurchlässigem Rucksack als fahrender Buchverkäufer bei möglichen Kunden wie Apothekern, Förstern, Ärzten, Lehrern, um dort Bücher zu verkaufen. Ein mühseliges Geschäft der sympathischen Leute. Als es im Gymnasium für unsere Klasse ein Buch für den Deutsch-Unterricht zu bestellen gab – ich glaube, es war zu Theodor Fontane –, bat ich den Deutschlehrer Herrn Pohl, das Buch doch bei Schultz-Gora zu bestellen, die so eine Bestellung mit über 25 Büchern gut brauchen könnten. Studien-Assessor Pohl zögerte, weil solche Aufträge sonst nur über die üblichen Wege der Schulbestellungen vergeben wurden. Doch auf mehrfaches Drängen willigte er ein. Als dann die Bestellung ausgeliefert und bezahlt war, merkte ich erst, wie arm die Leute im zweiten Obergeschoss wirklich dran waren. Sie luden mich extra in ihre Wohnung hinauf zu einem Tee ein und bedankten sich überschwänglich. Weitere Bestellungen wurden mir leider nicht genehmigt.

Doch gleichzeitig trat schon dazu neue Konkurrenz auf: Tkotz hatte in Neuses die sehr ähnliche Tour mit Papierwaren und Büchern begonnen. Und dort hat auch Eimermann begonnen, eine Nutria-Zucht aufzubauen und parallel dazu einen Landhandel zu betreiben, den schon Scheuerpflug am Sandbuck betrieben hatte. Mit diesem Herrn Eimermann durfte ich in einem Sommer während der Ferien viermal mit nach Heilbronn am Neckar fahren, um dorthin Geflügel, Beeren und Eier am Marktplatz anzuliefern. Immer traf er sich dort mit einem Mann, den ich nicht kennenlernte.

Doch dieser Herr Eimermann stellte sich bald als Herr Chmielewsky heraus, der sich in einem österreichischen KZ als Gefangenen-Folterer schlimmster Art betätigt hatte. Als ich davon erfuhr, erschrak ich nachträglich maßlos, wurde mir doch da erst klar, was mancher Ausbruch in seinem sonst angenehmen Reden für einen unfassbar dramatischen Hintergrund hatte. Nach dem Krieg hatte er den Geburtsnamen seiner Mutter angenommen. Sein Sohn lebt in München. Der kannte die Windsbacher Geschichte seines Vaters bis vor drei Jahren noch nicht. Wir korrespondierten dazu.

Neue Aspekte für die zukünftige Stadtentwicklung?

Die Stadt Windsbach hat, wie alle Marktflecken und Städte, die Verwaltungsreform von 1972 gut überstanden. Mit der Ausbreitungsmöglichkeit sieht man aber erst in neuerer Zeit mit Bürgermeister Matthias Seitz neue Perspektiven; zuvor war für wirkliche Zukunftsentwicklung der Stadt insgesamt fast kaum Gelände vorhanden gewesen.

Wie ich nachweisen konnte, liegt Windsbach in einer neuen Art „Kranz-Zentralität" zwischen fast gleich weit entfernten größeren Städten und kleineren Orten, was mit den neuen Vorstellungen der Energie- und Verkehrswende neue Bedeutung erlangen kann. Ansbach, Gunzenhausen, Roth, Schwabach mit etwa zwanzig bis 24 Kilometer Entfernung, Stein 27 Kilometer, dazu die 13 Kilometer-Entfernungs-Städte/Orte Heilsbronn, Petersaurach, Lichtenau, Merkendorf, Spalt, Kammerstein. Und innerhalb dieses Kranzes noch Abenberg, Wolframseschenbach, Mitteleschenbach, Barthelmesaurach, Neuendettelsau mit sechs bis zehn Kilometern. Was geht damit in kreativen Köpfen auf? Innerhalb von 18 Kilometern (mit Muhr am See und Sachsen b. Ansbach sowie Georgensgmünd und Absberg) ergibt sich eine Einwohnerzahl von deutlich über 85.000. Leuchten jetzt ein paar helle Lichter auf? Bürgermeister Matthias Seitz hat mit dem Rat erste Schritte gemacht.

Nach außen wirkte der Sport mit Fußball und Turnen sowie im Faustball aufstiegsreif. Im Jugendfaustball hatten wir mit zwei Mannschaften und einer Mädchen-Mannschaft sowie mit zwei Herren- und einer Altherrenmannschaft eine Spitzenposition in der Region inne. Die Mädchen wurden sogar Bayerische Meister, eine Jugendmannschaft 3. Mittelfränkische Meister und wir, die andere Jugend, gewannen den 3. Platz bei einem 14-Mannschaften-Turnier in Windsbach und einen 1. Platz in Rothenburg ob der Tauber. Die

Windsbach wird in Garmisch Bayerischer Meister im Faustball der Mädchen.

Die siegreiche männliche Faustball-Jugend mit Frieder links oben, daneben Helmut Peinl, rechts Dieter Frischeisen, unten Klaus Kenzy und Hans Scheuerlein.

Turner stritten mit denen von Bechhofen um die Vorherrschaft in der Region. Die Jugendfußballmannschaften beherrschten die Szene und die Diskussionen unter uns Jüngeren. Hans Strob im Tor, die Jugendlichen Ernst Walter, Bess, Regler, Schultes Theo, Finkenzeller, ‚Bärla' Herzog, ‚Berin' Westphal, Ortner, der ‚Wamber' Wilhelm Großberger, Hochreuther, das waren Leute für mehr als nur den Durchschnitt. Im Männer-Fußball, wozu ich erst viel später stieß, haben wir einmal gegen den Ersten der Tabelle, TuS Feuchtwangen, auf dem neuen Platz an der Moosbacher Straße, wo heute das Johann-Sebastian-Bach-Gymnasium steht, im Januar mit 6:1 gewonnen. Windsbach konnte sich rundum sehen lassen. Und sicher kann es das heute auch, weiter angewachsen durch die Verwaltungsreform und mit Gewerbe und Wohnbau, an Einwohnerzahl und Steuerkraft, sich öffnend, weitsichtiger und zielstrebiger. Windsbach ist Verwaltungssitz der kommunalen Vereinigung KERNLAND FRANKEN, Sitz zweier Geld-Institute, hat Zugriff auf große Flächen für Gewerbegebiete und Optionen für weiteren Wohnbau, wenn niemand egoistisch blockiert – und wegen Betriebsaufgabe oder anderen Gründen die Flächen entbehren kann. Der Bestand an Einrichtungen für größeres Wachstum korrespondiert mit gleichzeitigen flankierenden Maßnahmen und weiteren Vorhaben. Aktuell wird im Stadtkern die nötige räumliche städtebauliche Entwicklung vorgenommen. Die Altstadt ist saniert. Gymnasium, Studienheim und Knabenchor stehen bestens da. Weiterentwicklung nicht verboten. Grund- und Hauptschule gelten als stark, die Musikschule im Verbund ist agil. Die Dreifach-Turnhalle ist ausgebucht. Medizinische Massage und Zahnärzte sowie Fuhrunternehmen Huber, Obere Vorstadt, sind zufrieden, andere, wie Service-Unternehmen unter anderem mit IT, im Aufbau, HELUKABEL ein „Pfund", CERNY–Ausstattungen in seiner Branche überregional ein Big Player, Textilhaus Rühl gut entwickelt, neuere Unternehmen im Bereich Rother und Moosbacher Straße im Aufwind, Autowerkstätten gut dabei. Die Geschäfte der Altstadt leiden besonders unter den aktuellen politischen Einschränkungen wegen der Epidemie. Über das Vereinsleben weiß ich aktuell zu wenig. Dass es die „Turmfalken" gibt, ist für die Stadtbevölkerung ein großer Gewinn. Jean Jäcklin hat mit den jeweils 16 anderen Mitstreitern – gemäß der Satzung – ein bleibendes Verdienst erworben, indem man sich um die historische Burg-Substanz tatkräftig gekümmert hat, als der ‚Denkmalschutz' noch zögerte, und sich noch weiter kümmert.

Bürgermeister Herbert Matthias hat derweil die Vereinsaktivitäten unterstützt, so auch beim Heimatverein, für den man das Beß'n Haus seitens der Stadt erwarb und dem Verein gegen die Leistungen des Ausbaus und Erhalts zur Nutzung überließ.

Gerade der Heimatverein Windsbach dürfte das kulturelle Geschehen bereichern helfen. Seine Ausstellungen mit den Belegen für den schönen Brauch des Patendanks sind einmalig. So überzeugen auch die beiden Gesangvereine in der Stadt. Ein Brauch wurde in Ehren gehalten: Immer abends, wenn ein Bürger oder eine Bürgerin verstorben war, hat man vom Stadtturm bis zu seiner/ihrer Beerdigung einen Bläser-Choral aufgeboten. Solche Bräuche sind leider heute ausgedünnt oder verschwunden.

Erste Ausstellung des Heimatvereins Windsbach zum Patendank – hier im Rathaus.

Das Geschehen „von oben“ und „von unten“ – Lärm

Die täglichen Andachten im Betsaal des Haupthauses mit Orgelklängen früh um 7 Uhr und abends vor oder nach dem Abendessen in den Speiseräumen gehörten einfach dazu. Die Geräusche hatten keine Rolle zu spielen, ob bei geöffneten Fenstern oder bei rücksichtsvoll geschlossenen. Es regte auch niemanden auf. Von den Abläufen während der Schultage war schon die Rede. Aber es gab auch die interessanten leisen Laute unter dem Blätterdach der Bäume an der Anhöhe zum Kasten spät abends, die bei offenen Fenstern nicht zu überhören waren. So wie einmal bei einem verspäteten Hinaufgehen, eher Schleichen, einiger älterer Heimschüler aus einer der beliebten Gastwirtschaften hinauf an unserem Haus vorbei. Fast nicht zu hören: „Die Mitternacht zog näher schon; in stummer Ruh‘ lag Babylon“ (aus einem Gedicht von Heinrich Heine). Man hörte dabei aber auch den Respekt vor der Leitung des Hauses heraus und der hier nicht eingehaltenen Haus- und Verhaltensordnung.

Laute Geräusche, unangenehmer Lärm wirkten von „unten“ hinauf zum Pfarrwaisenhaus. So hatten an manchen Abenden Spielelärm und sogar Rufe einzelner Halbstarker abends nach 21 Uhr für Missstimmung gesorgt, wenn auch das Gebetläuten im Sommer ab dieser Zeit meist für mehr Ruhe sorgte. Dieses Treiben führte schließlich dazu, dass unser bester Kletterbaum unterhalb des Heimgartens gleich in der Nähe der herrlichen Rotbuche, diese innerhalb des Anstaltsgartens, unschön mit Stacheldraht versehen und damit fürs Klettern ungeeignet gemacht wurde.

An ein Klettern auf Bäume im Garten des Pfarrwaisenhauses wollte nach meinem Wissen nie jemand denken. Das war dem Respekt vor der „Heimordnung“ geschuldet. So wurde die Silberpappel, so riesig wie die große Linde, zwischen der Rotbuche und der eisernen Eingangstür mit der breit geschwungenen Steintreppe davor wohl nie bestiegen, auch von den Heimschülern nicht. Die Äste zu weit auseinander und die Baumrinde zu rissig, eignete sich der Baum kaum dafür. Doch bot er mit den vielen anderen in den Baumkronen unzähligen gefiederten Sangeskünstlern die Gelegenheit zum Vorsingen. Wie man das im Heim empfand, störend oder schön, kann ich nicht sagen. Doch die Vergreisung des Baums wurde mit dürren Ästen immer mehr zur Gefahr. Man ließ ihn dann fällen.

Wie aber doch auch Heimschüler kleine Einzelheiten beachteten und in Erinnerung behielten, erfreute mich erst vor ein paar Jahren bei einem Klassentreffen. Da wusste unser Mitschüler Karl-Martin Bullemer, längst Pf.i.R., noch gut, dass es unweit dieser Eingangstreppe eine Art Quelle gegeben hatte, ein Durchdringen von Feuchtigkeit an die Oberfläche der Wiese, was im Winter für unangenehmes Glatteis sorgte, im Sommer unter den großen Kastanien und Linden für etwas mehr sattes Grün. Das Rinnsal aus unserem Keller mit einem Mini-Weiher kannte noch jeder. Für uns Nachbarsbuben gehörte das einfach zum Gegebenen, das auch kein Mensch jemals verändern wollte.

Sehr unangenehm, und sicher auch bis zum Kasten zu hören, war das Sägen der Gattersäge vom Zimmerer Westphal an der Denkmalstraße, später Pferdestall von Ernst Walter. Davor gab es die Büttnerei Schmidsiller, wo der Albin mit der Mechanik der Kraftübertragung, der „Transmission", von der Hauptwelle über Lederriemen auf mehrere Maschinen elektrische Kraft übertragen konnte und damit Eindruck machte. Daraus entstand zwar kein großer Lärm, freilich aus anderen Werken. Aber man lernt auch Verdrängen; irgendwie machte kein Geräusch mehr etwas aus.

Das laute Gedröhne der Gattersäge, echter Lärm, ging in der Sägesaison des Langholzes bis 18 Uhr abends und an Samstagen bis

Punkt 12 Uhr durch Mark und Bein. Die Ohren gewöhnten sich daran. So auch an das hörbare schreckliche Leiden der Schlachttiere aus der Metzgerei Münter gegenüber von unserem Haus, was durch die Anordnung der Gebäude genau zu uns hinaufgeleitet wurde. Eine weitere hörbare Beeinträchtigung bot bei meist geöffnetem Fenster hinter der Bühne jedes Fest mit Musik aus der Stadthalle. Vor allem an Wochenenden bliesen die Trompeter mit Hans Großberger und Bernhard Stellwaag, Musiklehrer Zwick, Musiker Link, Stadtkapellmeister Volkert mit der Klarinette, zusammen mit den anderen Instrumentalisten aus lauter Lust am Feiern – bis oft weit nach Mitternacht. Und wir sollten danach ausgeschlafen sein, um lernen zu können. Aber man hörte auch gern zu.

Die Nachbarn Pfahler hatten jedes Jahr ein Schwein gehalten. Davon, wie auch von deren einziger Kuh, oder von den Ziegen der gegenüberwohnenden Familie des Schneidermeisters Schütz, war selten ein Tierlaut zu hören, zumal seine Ziegen in eine andere Richtung meckerten. Anders im frühen Sommer, wenn aus unserem Garten von einer besonders warmen Böschung, von der Sonne verwöhnt, etliche Grillen zirpten. Eine solche Lautstärke wollte man den kleinen Käfern gar nicht zutrauen. Und man sah sie auch kaum, weil sie sich in enge Erdröhren versteckten, wenn man in ihre Nähe schlich. Noch viel lauter wurde das Quaken der Frösche von Ende Mai bis Anfang Juli jeden Jahres. Das war ein Lärm von der Stadtseite auf unsere kleine Anhöhe und sicher bis zum Kasten, wo der Schlaf aller Nachbarn dann auf die Zeit nach Mitternacht verschoben war. Man hatte den Eindruck, als wollten die Herren Frösche vom oberen und unteren Weiher an der Stadthalle mit aller Macht einen Wettstreit gewinnen. So laut es auch war, ich empfand es nicht als lästig. Und noch heute höre ich gerne hin, wenn ich irgendwo Gelegenheit und Zeit dazu habe. Wenn ich Leute Protest anstimmen höre ob solcher Tierlaute oder auch über das Krähen von Hähnen, kann ich nur herzlich laut und fröhlich lachen: „Die machen doch nur ihren Job! Schon Jahrmillionen länger sind Frösche auf der Erde als wir Menschen!“ Richtig: Auch Hähne krähten zu unserer Jugendzeit noch recht zahlreich. Den Familien mit Hühnern im Stall waren Eier ein nahrhafter Segen. Übrigens auch für die Heimschüler und die Anstalt. Auch dort hat man Hühner gehalten. Weniger angenehm war das Gekrächze von Elstern und Raben aus der riesigen Weide am oberen Weiher. Der Baum war so mächtig wie die große Linde am Anstaltsberg. Ihre Aufgabe war dieselbe wie die der danebenstehenden kleineren Pappeln. Ja, die hatten wirklich den Zweck zu erfüllen, die sehr wässrige Fläche zwischen dem Weiher, der Halle und der Prinzregenten-Allee durch ihren Wasserverbrauch etwas zu entwässern. Aber das war den Anti-Musikanten auf dem großen Weidenbaum egal. Sie wussten dort ihre Nester zu bauen, sich auf hohen Ästen einzurichten und aus Herzenslust weithin hörbar ihren Protest gegen alles und jeden atonal anzumelden.

Der nicht sehr kleine Obere Weiher war im mittleren Bereich doch recht tief. Das wussten wir vom Tag des jährlichen Abfischens. Aber der Weiher war nicht nur wegen der Tiefe und der Karpfen für uns ein Tabu. Man durfte darauf auch nicht Boot fahren und auch kein Spielzeugboot schwimmen lassen. Der ‚Turnhallen-Leidel‘, Hausmeister der Stadthalle, wachte darüber. Es galt, das Ufer des Weihers mit den wunderschönen Wiesenblumen unbeschädigt zu halten. Nur manchmal schlichen wir nah am Wasser entlang, um die sprungbereiten Frösche vor uns her in hohen Bögen nacheinander ins Teichwasser hüpfen zu sehen. Ganz anders im Winter. Da war Großbetrieb auf dem Eis, wenn der Weiher zugefroren war – ein Hauptziel vieler Kinder und Jugendlicher im Winter. Und etliche Erwachsene mussten schwer arbeiten, wenn „Eis gemacht“ wurde. Mehrere Männer schlugen Rinnen in die dicke Eisfläche, um in großen Stücken Eisschollen an Land zu ziehen und auf Lastwagen zu stemmen. Dieses Eis brauchten Metzger und Wirte zur Kühlung von Bier und Fleisch in gesonderten Kellern über den ganzen Sommer. Die mühevolle Arbeit wurde danach in Wirtschaften mit einem richtig opulenten „Veschber“ beendet. Dieser Lohn war damals wertvoller als Geld, für das man fast nichts kaufen konnte. „Kaschber“ konnte man da nicht gebrauchen. Gern erinnere ich mich an Metzger Leidel, der noch Anfang Juli zur Kirchweih mit seiner „Robbern“ ein gekühltes Bierfass aus seinem Flurkeller am Petersberg in seine Wirtschaft schob. Für uns Buben, die keine Schlittschuhe hatten, war das ‚Schleifen‘, das Anrennen vom Ufer auf das Eis mit dem weitestmöglichen Rutschen auf einer eingeschliffenen Eisbahn, ein einigermaßen guter sportlicher Trost.

Wir „dazwischen“

Wir als Familie wohnten zwischen all dem Geschehen. Wir besaßen im eigenen Garten zwar keinen Hahn, aber immer sechs oder sieben Hühner, die nach jedem gelegten Ei auch ziemlichen Lärm veranstalteten. Aber einen Hahn mit seinem Krähen in aller Frühe zu halten, wäre ein Angriff auf die Ruhe der Heimschüler gewesen. Man vermied das also. Dazu die stummen Stallhasen und die doch gelegentlich hörbaren Gänse oder Enten, jedes Jahr je zwei, um dem Gemüsegarten nicht zu viel Risiko zuzumuten. Für die Hühner war der Bewegungsraum großzügig bemessen. So wie es war mit der von Geräuschen geschwängerten Luft in der Nachbarschaft, so war es gut. Die Fledermäuse, die sich in Ritzen in der Mauer vor unserem großen Hauskeller Wohnraum verschafften, hörte man spätabends nur ganz leise – dafür in der Früh‘ die Vögel umso lauter. Da schliefen die Chorschüler in den Schlafräumen des Heims noch. Ein Hüpfen von der höheren der beiden Seitenmauern in den Zwischenraum vor dem Hauskeller war für uns eine Mutprobe, denn die Höhe betrug immerhin mehr als drei Meter. Dabei lernten wir das Abfedern bei der Landung des Sprungs.

Viel davon wurde aufgewogen durch das schöne, sichtbar wahrnehmbare Umfeld: das Maiengrün der großen Birke vor dem Küchenfester an der Straße, die Schlehenblüten an der Gartenhecke zum Acker hin, die Blüten am Birnbaum neben der Birke, die ersten Tulpen im Vorgarten, die Blütenstände an den Kastanienbäumen, die roten Blüten-Kerzen der alten Kastanienbäume am Beginn des Weges hinauf zum Heim, danach die weißen, auch beim Gasthaus Fischer und die Straße entlang bis zum Dekanat auf der westlichen Straßenseite, das tiefe Grün der Eschen neben der Allee vom „Rother Weg“, wie die Rother Straße noch hieß, bis zur Zufahrt zur Stadthalle hin, die Blüten am Ziegelbuck am Baum der „Leipersloher“ Birnen und am Baum mit Holzäpfeln – beide Bäume stehen heute noch am Ziegelbuck an der Heilsbronner Straße auf halber Höhee – die Birnbäume im Streuobstgarten von Metzger und Bauer Münter-Meyer an der Rother Straße, unserem Garten gegenüber, dann die Apfelbäume bei uns im Garten und die Streubele der Akazienblüten oben am Garten der Anstalt. Dieses Aufblühen an jedem Frühling drängte deutlich ins Gemüt, förderte Zuversicht und schuf trotz aller Widerwärtigkeiten neuen Mut – und die Grundlage für ein Aufschwung-Denken. Man fühlte sich eingebettet in einen hörbaren und sichtbaren Kreis empfundener Sicherheit ohne Mauern, in versöhnliche Heimat mit duftender Schönheit und natürlichen Düften, Zeit und Ort zu harter Existenz-Sicherung für die Erwachsenen, für alle ein Hören, Sehen, Fühlen, Riechen, Denken, Sinnen, Trachten: ein „Rückzugsraum der Seele“ (Dr. Kurt Töpner, späterer Bezirksheimatpfleger). Und das Wort Heimat durfte wieder Bedeutung einnehmen. Nach dem Krieg waren Heimatvereine, Heimatlieder und Heimat in öffentlichen Texten zunächst verpönt, sogar verboten, selbst Turnvereine. Nur Fußballsport durfte getrieben werden. Alles, was unter Generalverdacht für die abgelaufene unheilige Zeit gestellt werden konnte, sollte abgewöhnt werden. Und die Netze für die Fußballtore bestanden aus kaputten gebrauchten Tarnnetzen der US-Armee. Man konnte sich trotz alledem immer noch in sich selbst zurückziehen und einem Dichterwort folgen: „Trinkt, oh Augen, was die Wimper hält, von dem schönen Überfluss der Welt“.

Besondere Ereignisse tragen die Erinnerung

Es gab die besonderen Erlebnisse, auch wenn wir zunächst kleinen Buben in diesem Fall schon in die Betten verordnet waren. Im Kriegswinter 1942 waren nicht nur herrliche Eisblumen an allen Fenstern der Räume, die nicht beheizt wurden, also fast alle im Haus. Auch alle Straßen und Wege blieben wochenlang verschneit und wurden zu schneeglatten Rutschbahnen, weil Räumungen kaum möglich waren. Jeder hielt nur seinen Zugang zum Haus vom Schnee frei. Straßen wurden somit zu Schlittenbahnen. An einem Abend besonders: Da sammelten sich alle älteren Jugendlichen, soweit sie noch nicht zum Dienst an der Waffe oder zum Reichsarbeitsdienst eingezogen waren, zum großen Versuch, ab „dem Heinkel“, dem Sommersitz von Bomber-Flugzeugbauer Prof. Ernst Heinkel – gegenüber dem Wasserbassin der städtischen Wasserversorgung – eine durchgängige Fahrt bis durch das ganze Städtchen auf die Rezatbrücke zu starten. Und weil das so gut gelungen war, wie mit „Hallo“ und lautem Lachen auch durch unsere Winterfenster zu hören war, hat man das mehrfach geübt. Die Schneeglätte wurde dafür immer besser, sodass – nach Berichten am nächsten Tag – bis fast zur Mitternacht mehrfach gefahren wurde, mit neuer Schwungaufnahme ab dem Rathaus durch das untere Tor bis fast über die Brücke, mit ein wenig Schubsen dann sogar am Haus Lehr an der Brücke vorbei, dann an Ofensetzer Bess bis zum Röschlau, Metallbau und Haushaltswaren auf der rechten Seite, dann links am Haus Wehr an der Brücke und am Hubers Bäck vorbei bis zum Herrenschneider Hagelauer. Das müssen für die jungen Windsbacher Riesenerlebnisse gewesen sein, die man sich lange erzählte. Vom Straßenverkehrsrecht abgesehen heute auch sonst unvorstellbar.

Überhaupt bildeten die Straßen eher unsere Freizeitplätze, denn es gab ja kaum Autos, während man den langsamen Fuhrwerken leicht ausweichen konnte. So dienten Straßen als Fahrgelegenheit für Rollerfahrten an jeglicher Straßenneigung. Und wenn etwas mehr Fahrt aufgenommen werden konnte, kamen kleine Handwägelchen zum Einsatz, wo einer vorn drinsaß und die Deichsel zwischen die Beine klemmte zum Lenken und der andere hinten draufstand oder hinterherrannte, um im Notfall zu bremsen. Wir Kinder machten aus der Not noch das Beste.

Auf ein gemeinsam mit Klassenkameraden vom Studienheim spontan gemachtes Erlebnis komme ich gerne zurück. Mein Vater hatte vom Spenglermeister Schwarz aus einem Holzkonstrukt und Blechumfassung ein Boot bauen lassen, das er gern auch bei Hochwasser mit dem Paddel fuhr. Im Krieg und danach lagerte es bei und in der Schüpf und danach im Lagergrundstück seines Bruders Georg, dem Zimmermeister. Irgendwann kam einer meiner Klassenkameraden auf dieses Boot zu sprechen. „Ob man damit einmal …“ Mein Vater willigte ein, und wir durften.

Das Boot des Vaters mit ihm auf der Rezat.

Zu fünft mit Hans Luther, Karl-Martin Bullemer, Hans-Martin Blank, Helmut Mad trugen wir das Boot oberhalb des Mühlenwehrs, dort wo früher das Flussbad der Rezat war, und ließen es „zu Wasser"; ein paar Bretter dienten neben dem einzigen Paddel als Hilfspaddel. Flussaufwärts arbeiteten wir uns an Schilf und Sandbänken vorbei über kleine Strudel und Untiefen, bis wir an der Brücke in Neuses wegen zu seichtem Wasser aussteigen mussten und das Boot oberhalb der Brücke wieder „in See stechen" lassen konnten. Viele nie beachtete Flusswindungen boten immer wieder neue kleine Überraschungen, Vogelnester, kleine Uferhöhlen oder von Überschwemmungen angeschwemmte „Güter" oder aufgeschreckte Wildenten, die sowas auch noch nie gesehen hatten. An der Mühle in Bechhofen war Schluss. Wir mussten an die Heim-Zeit denken und die Rückfahrt ja erst noch bewältigen. Alles ging glatt. Dass wir aus dem alten Blechboot immer wieder Wasser schöpfen mussten, lag an den Löchern aus den verrosteten Nägeln zwischen Blech und Holzgerüst. Allen wurde der Tag zum besonderen Erlebnis.

Die Rezat war bis zur Fertigstellung des neuen Waldstrandbades 1938 in Retzendorf (historisch belegt: früher „Rezatdorf") auch für die Schüler des Pfarrwaisenhauses das Freibad für alle.

Es gab das Männerbad, etwas flussaufwärts das Frauenbad und ein paar hundert Meter weiter oben das Judenbad. Das Männerbad war die größte Wasserfläche an der breitesten Flussstelle. Der Leiter des Pfarrwaisenhauses nach dem Krieg, Herr Direktor Christian Nicol, viel später OStD und Leiter des Marius-Gymnasiums in Gunzenhausen, war früher schon Präfekt in Windsbach gewesen. Er konnte von einer lustigen Begegnung aus den 30er-Jahren erzählen.

Auf dem Weg zum Flussbad an der Rezat kam eine größere Gruppe „Kästler" an Bauern vorbei, die ihre Talwiesen mähten, bevor die großen Sommergewitter für Überschwemmungen sorgten, was ein Mähen für das Krummet, die zweite Mahd im Sommer, unmöglich machte. Dies fiel in die Hauptbadezeit. Als der Pulk Buben die Bauern mit den Sensen passierte, hielten diese mit ihrer Arbeit inne und einer fragte: „Badderich?" Einer der Buben verdutzt: „Woss is los?" „Dedderich boodn?" Noch immer Ratlosigkeit. „Gender boodn?" Da war sprachliche Verständigung erreicht und der Sachverhalt klar. Auf Hochdeutsch: „Badet Ihr Euch?" „Tut Ihr Euch baden?" „Geht Ihr zum Baden?" Im Grunde haben die Buben, die meisten Franken, alles ganz gut verstanden. Von ‚Schwimmen' war allerdings nicht die Rede.

Weitblick rückwärts aus der Ferne

Auf meinen späteren Reisen in europäische Länder, in nordafrikanische, vorderasiatische, mittelamerikanische und ostasiatische Regionen, machte ich mir das rückblickend auf mein „Daheim" noch besonders klar. Der Wert des Lebens für einen Menschen erwächst nicht von selbst. Man schöpft aus eigener Kraft und Mühen und leistet sich Aufbau mit Umsicht aus eigenem Trachten. Nicht egoistisch, auch nicht flüchtend aus einem Nest-Dasein. Einbinden und Eingebunden muss sich verweben lassen und andere weiterführen können. Selbstfinden, Zueinanderfinden – dieses „zoon politikon" des Gemeinschaftswesens Mensch und der Versuch, daraus etwas zu machen, kann persönliche Erfüllung bringen. Am Ende seiner Zeit stirbt jeder Mensch nur in seiner eigenen Haut. Niemand ist seiner eigenen Verantwortung enthoben, auch nicht für sich selbst. Oft hört sich dies freilich anders an: Wenn ein Verkaufsberater Erfolg hat, feiert er sein Können und lässt sich loben. Hat er aber keinen Erfolg, sind meistens „die Umstände" schuld. Erinnerungen in beide Richtungen können verblassen und vergehen. Sie zu erhalten und in allen Facetten zu bewahren, gerät wie tieferwirkendes Wahrnehmen und Mitnehmen von Eindrücken zu großem Reichtum, so kleinteilig es auch sein mag. Später graben sie danach und freuen sich auch über Scherben und Reste aus Vergangenem. Halten wir deshalb fest, was davon noch erinnerlich bleibt.

Harte Erfahrungen

Wir hatten in der Nachbarschaft des Anstaltsbergs, wie der ganze Stadtteil hieß, Evakuierte und Flüchtlinge untergebracht, auch im eigenen Haus mit 82 Quadratmetern Wohnfläche zusätzlich ein Ehepaar aus Karlsbad. Die Kinder und Jugendlichen suchten sich zum Spielen, die Erwachsenen trafen sich an den Menschenschlagen beim Einkaufen. Manche Neue fanden schnell Arbeit, etliche den Anschluss durch Vereine und Sport. Und wieder andere kümmerten sich um Umfeld und Natur oder Kultur oder um den Aufbau neuer Existenzen. Andere schauten nur, wo man was zum Kaufen bekam. Es fehlte an allem. Wieder andere kämpften nach dem Krieg gegen die Schmerzen von ihren Kriegsverletzungen, einige um ihre „Entnazifizierung". Dabei verlor manch einer seine frühere berufliche Position und wurde zunächst Helfer bei Bekannten oder Steinklopfer in zerbombten Großstädten, so auch hohe Beamte, Ärzte, Lehrer, Juristen und Architekten. Neu mitzumachen war nicht einfach so möglich. Weitermachen konnten nur Geistliche, Hilfsarbeiter oder Landwirte. Der „Lastenausgleich" zog jeden Eigentümer an Grund und Boden finanziell heran. Für volkszugehörige Flüchtlinge wurden so neue Existenzen ermöglicht. Die Einführung der Gewerbefreiheit erleichterte Neugründungen auch für Orts-Neulinge, zur Beschaffung von Arbeitsplätzen durch unternehmerische Könner war es sehr hilfreich, wenn die Qualifikation nachgewiesen werden konnte. Mit ins Land gebrachtem neuen Wissen wurden neue gewerbliche Perspektiven geschaffen. Die Währungsreform mit der Umstellung auf die Deutsche Mark ergänzte den zunächst schmalen Weg zu neuen Ufern, der aber erst mit harter Arbeit beschritten werden musste. Wir Jugendlichen blieben dazu vorerst interessierte Beobachter. Wir hatten nur zu lernen und im Garten mitzuhelfen. Nur im Herbst suchten wir nach der Ernte die Felder nach Ähren ab für die Tiere zuhause. Im Sommer hatten wir klassenweise Einsatz auf Kartoffelfeldern, um Käfer des gleichen Namens einzusammeln.

Im Sommer 1945 war das Windsbacher Strandbad für die deutsche Bevölkerung „off limits". Nur Angehörige und Gäste der US-Armee durften auf das Gelände und ins Wasser. Das war für uns die Gelegenheit, uns an die früheren Windsbacher Badefreuden zu erinnern, die wir ja bis dahin gar nicht gekannt hatten. An der Rezat kannte man oberhalb des ersten Wohnhauses Huber das Flussbad für die Herren, sogar mit Umkleide-Bretterzaun. Etwa dreißig Meter flussaufwärts war das Frauenbad. Und fast am Kolmholz-Wäldchen war das ‚Judenbad'. Dazwischen war der ‚Tümpel', eine deutliche Flussvertiefung mit Wasserstrudel in einer Flussbiegung. Diese Stelle reizte uns und wir sprangen munter durch das Uferschilf in die Fluten, bis uns der Egon Genshoff, einer der Buben von Evakuierten aus Kiel und dem Saarland, einquartiert im Gasthof Fischer, einen gehörigen Schreck versetzte. Auch er sprang in den Fluss und schrie erst im Wasser, dass er gar nicht schwimmen könne – was uns zu kleinen Rettern werden ließ.

Beim Rumlaufen an der Rezat und dem Besteigen einer Erle brach mir trotz vorheriger Prüfung ein Ast unter dem Fuß weg. Ich rauschte ein paar Meter durch Blätter und Äste und schlug zwischen Brennnesseln auf einem Steinhaufen auf. Äste von Erlen verhalten sich bei Belastung anders als die von Linden, Eichen, Buchen, Kastanien und Weiden. Jetzt wussten wir das. Schmerzhafte Erfahrungen der Jugend.

Da war die Einnahme der Stadt Windsbach durch die US-Truppen längst Geschichte, das große Lagern einer ganzen Einheit von Soldaten für zwei Tage direkt neben der „Hitler-Linde" nur noch eine Erinnerung. So schon ein paar Jahre zuvor einmal im Krieg ein Zeltlager mit wohl hundert HJ-Jungen für drei Tage und zwei Nächte zu einer Art Kameradschaftstreffen mit Singen und Übungen wie Seilziehen. Wem das zunächst romantisch vorkam, vergaß die Gefühle schnell, weil die Hälfte der Zeit Regenwetter war.

Als eine Einheit US-Soldaten den quadratischen Lattenzaun mit Hakenkreuzen mittels Lastwagen mit Eisenketten wegriss und den Zaun auflud, um ihn wegzufahren, und sich dann daranmachte, auch die kleine Linde an die Eisenkette zu binden, um auch diese abzureißen, da schoss die Wirtin Lina Fischer aus ihrer Haustür und rief von ihrer Treppe herüber, laut vernehmlich und auch für GIs ohne Sprachkenntnisse wohl gut zu verstehen: „Des Baamla konn doch nix däfier, dass mer's su ghaßn hat! Des lasst Ihr steh! Schaud, dasser weiderkummd, Ihr dahergloffene Bagaasch!“ Man packte ein und der LKW mit den Ketten fuhr ohne Bäumchen weg. Wirtin Lina Fischer hat sich da wohl als erste Naturschützerin in Windsbach einen Namen gemacht. Die Linde steht auch heute noch friedlich auf der Anstaltshangwiese. Wer es nicht weiß, für wen sie einst gepflanzt wurde, dürfte sich – so wenig wie wir uns damals – nicht mehr damit aufhalten wollen. Ein Lindenbaum wie die anderen, inzwischen über achtzig Jahre lang mit jährlich frischem Laub in hellem Lindengrün.

Allerdings wusste die Wirtin auch, warum sie so redete. Als man vorher ihren Wirtshaussaal zum US-Truppen-Depot für die Region gemacht hatte, hatte man den Eisengitterzaun des Wirtsgartens für besseres Anladen einfach weggerissen. „Amerikaner machen alles besser!“, hat einer der Soldaten in schlechtem Deutsch zu ihr gesagt, als sie sich beschweren wollte. Wir Buben auf der Straße davor haben dies jeweils gehört. Ihr Vertrauen war jedenfalls aus Erfahrung sichtbar und hörbar sehr begrenzt geworden – und wie sich später herausstellen sollte: zu Recht.

Die US-Truppen hatten sich nach ein paar Wochen recht häuslich in Windsbach niedergelassen: Das ganze Progymnasium an der Heilsbronner Straße am Ziegelbuck, das Lehrerhaus gegenüber und die Stadthalle waren viele Wochen lang mit Soldaten übervölkert. Man lagerte gerne auf dem sonnenbeschienenen Anstaltshang, spielte auf dem Sportplatz Baseball und ließ es sich in unserem Strandbad gutgehen. Für uns gab es wochenlang abends Ausgangssperre. Die laute Musik der Amerikaner auf dem Sportplatz tönte uns völlig fremd in die Ohren. Das Pfarrwaisenhaus war derweilen noch ein Lazarett mit verwundeten deutschen Soldaten, die ihr Schicksal verhöhnt sahen, indem sie dem Treiben der angeblichen „Befreier“ zusehen ‚durften‘. Aber von diesen Kriegsverletzten blieben später mehrere in Windsbach wohnen und heirateten junge Windsbacherinnen.

Ein ganz anderer Fall wurde zum Schock für Windsbach. Er wurde erst Wochen später allgemein bekannt: Als nämlich der letzte der Friedhofswärterfamilie Rupp – wohl über 250 Jahre lang angestammt – gestorben war, musste ein neuer Totengräber gefunden werden. Die Liste der Bewerber war länger, weil es kaum Arbeitsplätze gab. Da meldete sich plötzlich ein gewisser Herr im Dekanat, der den Posten für sich einfach beanspruchte. Er wäre im KZ gewesen und deshalb bevorrechtigt zu behandeln. Damit wurde das Bewerbungsverfahren abgekürzt und den damals herrschenden Umständen entsprochen. Er wurde eingestellt. Doch nach einigen Monaten ging ein Bürger aus Windsbach zum Herrn Dekan Bohrer und berichtete Erstaunliches. Er, der Stadtbürger, hätte den neuen Totengräber in einem Café in Nürnberg gesehen mit einem goldenen Siegelring, der identisch sein könnte mit dem Ring eines vor einigen Wochen verstorbenen und in Windsbach begrabenen Geschäftsmannes. Er glaubte sich nicht zu täuschen. Sehr vorsichtig und vertraulich wurde der Friedhofsmann vom Herrn Dekan mit diesem Verdacht vertraut gemacht und nach dem Wahrheitsgehalt befragt, was dieser mit größter Entrüstung und laut von sich wies. Aber auch die Polizei wurde eingeschaltet. Wieder sehr lauter Widerspruch. Doch es verstärkten sich Zweifel an diesem Gehabe. Dann schritt man zur Tat. Ein paar Männer standen mit dem Spaten bereit am Grab, um eine Exhumierung zur Überprüfung des letztlich nicht bewiesenen Vorgangs vorzunehmen. Da gab der Mann sein Verbrechen einer Leichenfledderung zu und wurde sofort suspendiert. Dass einer seiner beiden Söhne bei uns in der Klasse plötzlich fehlte, fiel nicht weiter auf, weil es solche Wechsel um diese Jahre der Evakuierung und Flüchtlingsströme mit Wohnsitzverlegungen öfter gab. Erst dann wurde der Hintergrund dieses Gefeuerten recherchiert und offenkundig. Er war zwar tatsächlich im KZ gesessen, aber nach Verurteilung einer Mordtat an seiner Frau, der er mit einem Beil den Kopf gespalten haben soll. Den Sachverhalt habe ich viele Jahre später von einem Mitglied des Kirchenvorstands bestätigt gehört. Für Leute, die aus politischen Gründen in einem KZ inhaftiert gewesen waren, muss dieser Fall wie ähnliche andere der schlimmste aller denkbaren Fälle gewesen sein: Dass sie mit solchen Zeitgenossen praktisch fast auf einer Ebene gestanden hatten. Aber der Totengräber war gleich wieder im ‚Zuchthaus', sein Sohn aus unserer Klasse einfach ‚weg'.

Der Flugzeugabsturz

Ein anderer richtiger Schock saß vor allem unserer Familie lange in den Knochen. Mein Bruder Dieter war mit etlichen anderen Spielkameraden und mir recht oft – an diesem Tag waren wir eher zufällig allein – beim Buzzermockel-Sammeln. Man trug neben den Zapfen der Fichten auch kleines, dürres Astholz in Säcke und kleine Haufen zusammen und fuhr es mit kleinen Wägelchen nach Hause zum Heizen. Aus irgendeinem Grund hatten die Nachbars-Buben an diesem Tag anderes zu tun. Plötzlich rief mein Bruder: „Da, schau, ein Flieger trudelt über uns!" Mit der einen Hand die Schürze mit Sammelgut gebündelt, richtete ich mich auf und sah durch die Baumkronen der Föhren einen einmotorigen Flieger direkt auf uns runterstürzen. Ich sah den Kopf des Piloten in der Kanzel und wollte irgendwie reagieren. Dann dröhnte der Motor, als ob der Mann Gas geben wollte, um über die Baumkronen zu kommen, vielleicht um auf ihnen sanfter zu landen beziehungsweise aufzusetzen. Doch den Gedanken konnte man nicht zu Ende denken, als das Flugzeug in die Baumstämme stürzte und es höllisch krachte. „Mein Gott, der Mann hatte doch über uns soeben noch gelebt!" Allein die Richtung des Sturzes verhinderte, dass wir in diesem nun aufwallenden Feuerball nicht völlig verbrannt wurden. Ich rannte los, um aus dem Wald zu kommen, als mein Bruder schon gehalten hatte und mir zurief: „Halt, des Feuer kommt net nach!". Er wäre noch einige Meter näher am Einsturzpunkt gewesen. Die Bäume ringsum brannten noch, als wir das halbe Flugzeugwrack aus dem Boden ragen und ein großes Stück des Körpers des Piloten an einem Stamm baumeln sahen. Schauriger geht das für Kinder kaum. Die ersten Bauern rannten aus den Wäldern von ihrer Waldarbeit heran, versuchten, das Feuer zu löschen, sich aber auch in Sicherheit zu halten. Niemand wusste, ob da nicht auch Munition dabei war. Unser Vater, der im Garten schon auf das komische Geräusch des Fliegers aufmerksam geworden war – er war im Krieg Bodenpersonal an Flugplätzen gewesen – war bei dem lauten Knall erschrocken, der bis nach Windsbach zu hören gewesen war, und dachte sofort an uns. Wir konnten dort ganz in der Nähe gewesen sein – was ja tatsächlich so war. Er wurde mit seinem Fahrrad der Erste aus dem Städtchen. Inzwischen waren amerikanische Militär- und deutsche Polizei da und hielten uns Buben achtzig Meter vom Einsturzort entfernt. Immer noch hingen halb verbrannte Leichenteile an zwei Bäumen. Man grub bald nach Einzelstücken aus der Maschine und fand ein paar halb verbrannte Fotos, während wir Kinder berichten mussten, was von einem Soldaten aufgeschrieben wurde: In diesem Fall hatten wir die rettende Hand Gottes selbst ganz direkt erfahren. Weil der Pilot unmittelbar vor dem Aufprall noch abgedreht hat und einige Meter neben uns in den Wald eingestürzt ist, nachdem er – so hörte sich das an – dabei nochmals Gas gegeben hat, gelangten wir zu der Auffassung, dass der Pilot uns im letzten Moment noch gesehen hat und nicht noch Schlimmeres verursachen wollte. Ein Foto zeigte einen Mann mit Frau und Kind, wohl ihn, den Piloten mit Familie. Warum er damals allein in die Gegend geflogen war, weiß bis heute niemand.

Der Absturzort lässt sich leicht finden: vom Weg zur Hölzleinsmühle rechts bis zum Scheitel der leichten Anhöhe, wo auf der anderen Seite weiter unten ein Acker ist und man dann über den Goldbach hinweg zu den „Schluchten“ kommt. Vor der Scheitellage rechts etwa achtzig bis hundert Meter waldeinwärts, da waren wir Buben, wo heute noch die nachgewachsenen Bäume deutlich kleiner als die umgebenden sind.

Besuch eines früheren Windsbachers in ‚Old Germany'

Etwa 1946 kam ein gebürtiger Windsbacher, ein Metzgermeister Steinmetz, aus der Familie Steinmetz, später Metzgerei Weid an der Rezatbrücke, mit Familie Pöllmann verwandt, ausgewandert nach USA in den 20er-Jahren, nach Windsbach zu Besuch. Er kannte meinen Onkel Ernst Steinbauer noch aus seiner Windsbacher Zeit und traf ihn am Sandbuck, wo ich einer Unterhaltung am oberen Ahornbaum an der Raiffeisenstraße gespannt zuhören durfte.

Metzger Steinmetz erzählte, wie er nach anfänglicher Schwierigkeit zu Wohlstand gekommen sei. Seine Metzgerei ging 1930 leidlich gut, als seinem Lehrling ein schweres Missgeschick passierte. Ihm war ein riesiger Bottich mit Gewürzgemisch in das vorbereitete Mett gefallen, was so niemals hätte geschehen dürfen. Eigentlich war alles zum Wegwerfen. Deshalb hätte er dem „Stiften" eine so schwere ‚Watschn" verpasst, dass der sich in der Ecke am Boden der Wursterei wiederfand. Notgedrungen musste man das „Zeug" aber verarbeiten. Man bangte, ob Kunden sich danach heftig beschweren würden. Doch: oh Wunder: Die ersten waren so begeistert von dieser Art Wurst, dass Steinmetz bass erstaunt abwartete. Immer mehr Kunden wollten diese Wurst nicht nur loben, sondern auch kaufen. Sie wurde zum Renner. „Dann habe ich meinem ‚Stiften' zehn Dollar gegeben." Er erzählte weiter, dass man ihn gewarnt habe: „Pass auf, wenn Du nach Old Germany gehst, was Du dort siehst: Die machen aus ein paar alten Blechdosen mit einem Hammer einen Panzer!". Auf dem Heimweg habe ich das als richtig gutes Kompliment für die alte Heimat empfunden.

Wie war das mit Johann Wolfgang von Goethe?

Auf seiner zweiten „Schweizer Reise“ fuhr der Dichterfürst bekanntlich mit einer Kutsche in Begleitung eines Schweizers, einem Professor Meyer, und mit dem Schreiber des Dichters, einem Herrn Geist, durch das Städtchen Windsbach und speiste in der „Sonne“ zu Mittag. Wäre er genau zweihundert Jahre später gekommen, hätte ich ihm von meinem Wohnzimmer aus zuwinken können, als er aus der Kutsche an der Anhöhe ausstieg. Das machten sie, wie schon am Ismannsdorfer Berg, um die Pferde an steilerem Geläuf zu schonen. Der Legende, wonach man ausstieg (was wohl jemand beobachtet hatte), um sich zu erleichtern oder im Schatten der großen Linde vor gleißender Sonne Schutz zu suchen, muss so nun nicht gefolgt werden. Denn Goethes Aufzeichnungen zu Windsbach sind durchaus wohlwollend: „Der Ort hat reinliche Häuser und ist leidlich gepflastert“ – was damals schon erwähnenswert und in dieser

Die große Goethe-Linde im Winter 1977, schon ohne den großen Einstiegsast in den hohlen Baum; hier die Abschnittsstelle mit Blech beschlagen. Im Hintergrund das sehr nah gelegene Elternhaus.

Form daher ein beachtliches Lob war. Und weil er in der „Sonne“ etwa 400 Meter vorher wohl gut gespeist hatte, war Erleichterung wohl kaum angesagt, und schon gar nicht schattenspendendes Laub auf der großen Linde für Schutz vor Sonne im November 1779. Der November hält sein Wetterversprechen immer und weht das Laub von den Bäumen.

Was aber viel bedeutsamer erscheinen mag, ist der Weg seiner Reise selbst. Windsbach lag damals an einer wichtigen Stecke zwischen Ulm, Nördlingen und Nürnberg, an der Handels- und Verwaltungsstraße sowie militärischen Route der Stauferkönige und Kaiser. Crailsheim, Colmberg, Lichtenau, Windsbach, Abenberg, Kammerstein, Schwabach, Reichelsdorf, Nürnberg waren ebenso Stütz- und Streckenpunkte wie Dinkelsbühl, Wassertrüdingen, Gunzenhausen, Eschenbach, später Wolframseschenbach oder wieder Windsbach und Schwabach. Verkehrlich abgehängt wurde Windsbach erst mit Ausbau der Straße durch den Heilsbronner Wald zur nachmaligen Residenz in Ansbach, vorher auf der Cadolzburg, und der Strecke über den Pass bei Obererlbach von Schwabach nach Nördlingen über Ornbau, Arberg und Wassertrüdingen (Truhendingen). Goethes Reise führte damals „hintenherum“, wie er sich angesichts der Gefahren um seine Heimatstadt Frankfurt ausdrückte. So kam er über Großbreitenbronn, wo man übernachtete, über (später Wolframs-)Eschenbach, das Tal hinab nach Ismannsdorf, wo man an Mühlen vorbei den Text für das Lied schuf „Es klappert die Mühle am rauschenden Bach“. Der mitreisende Schreiber, Herr Geist, musste alles auf Papier festhalten. Über die Unterhaltung nach dem Aussteigen am Ismannsdorfer Berg ist einiges Interessante vermerkt, so über dort gefundene Versteinerungen von Holz und über die Aussagen von Lehrpersonal zu Forschungen im Allgemeinen. Mit einfachen Leuten könne man sich oft besser darüber austauschen als „mit Lehrpersonal, das sich nur darüber unterhält, was man sich sowieso immer erzählt". Professor Meyer soll nicht widersprochen haben. Jedenfalls war nichts vermerkt. Die Aufzeichnungen besorgte ich mir noch zu Zeiten vor der Wende vom Leipziger Zentral-Archiv, das mir den Text nach Windsbach leihweise zuleitete.

Weil der Anstieg am damals noch nicht so benannten Anstaltsberg aber ebenso beschwerlich war, war man sicher ausgestiegen, was wohl bemerkt worden war. Aber dann begann man im Städtchen die Legende zu stricken, für die in den Aufzeichnungen kein Ansatz für eine Bestätigung zu finden ist. Aber vor Ort, also vor meinem Geburtshaus – 59 Jahre lang mein Elternhaus – verlief die Strecke zwischen unserem Haus und der großen Linde, zwischen meinem elterlichen Anwesen und dem „Kasten" und eben auch zwischen dem Haupthaus und dem Chorsaalhaus des jetzigen Windsbacher Knabenchors. Das war die ‚Hauptstraße', ja die Fernstraße der damaligen Zeit, als die Heilsbronner Straße parallel dazu nach „Kloster" (wie man Heilsbronn nannte) noch nicht ausgebaut war und die „Rother Straße" noch „Rother Weg" hieß. Wie steil die Stelle war, zeigt auch die Tatsache, dass den Anhang hinauf eine zweite Spur zum Fahren mit schweren Fuhrwagen führte. In einer ganz frühen Zeichnung zu Windsbach zeichnete man links und rechts der Linde, von einem offenbar damals schon bemerkenswert großen Baum, je eine Spur den Berg hinauf. So etwas gab es öfter, wenn die Gefahr bestand, dass schwere Fahrzeuge mit der Anhöhe zu kämpfen hätten. An der Überfahrt von der Oberpfalz nach Böhmen gab es im Kammbereich des Waldgebirges bis zu sechs Spuren nebeneinander.

Für Windsbach ist damit klar, dass die Häuserflucht vom Fries über Hammerer und Münter-Meyer die alte Strecke nachzeichnet, die noch heute andeutungsweise zu sehen ist. Der jetzige Fußweg dürfte diese Ausweichstrecke markieren. Bestätigt sah ich das in der Zeichnung zu einer Jubiläumsschrift des Heimes. Die wenigsten „Kästler" werden gewusst haben, dass sie an einer bedeutenden

Straße, auf der auch von Goethe gereist ist, gelernt, gebetet und gesungen, gelärmt und gespielt haben. Das Pfarrwaisenhaus entstand viel später. Davon ist die Zeichnung, die sich im Besitz des Heimatvereins Windsbach e.V. befindet und wohl auch ohne das Wissen um den historisch angehauchten Ort angefertigt wurde. Zwischen den beiden heute noch rudimentär erkennbaren Fuhren verläuft ein Trockengraben, der bei nicht seltenen Platzregen oder Wolkenbrüchen im Sommer die Wasser bis vom Fußweg vor dem Betsaal nicht fassen konnte, so dass bis über die Straße Schwemmgut herunterschwappte, das damals oft erst Tage danach beseitigt werden konnte.

„Dazwischen“ mit Erkenntnissen und Überzeugungen

Merkwürdigerweise hat dieses „Dazwischen“ zwischen „Oben“ und „Unten“ in der Stadt, zwischen den zumeist kirchlich geprägten Heimschülern und den Erfahrungen der Stadtschüler während und nach dem Krieg Unterschiede in mancher Auffassung und der Herangehensweise an Themen deutlich gemacht. Als Mitschüler von „Unten“ hat man sich da lieber zurückgehalten. Doch alles Positive und alles Nichtbewältigte zusammen ergab aus dem Mundhalten nur eine Art Burgschutz für eigene Standpunkte, jedoch keine Nestwärme. Die ambivalenten Beziehungen zwischen Sinnen und Trachten in Richtung Gymnasium und Studienheim einerseits und die verwandtschaftlichen und freundschaftlichen Verbindungen andererseits erzeugten auch Unsicherheiten. Dies äußerte sich in Zurückhaltung auch dann, wenn man etwas besser wusste als einem erzählt wurde. Man musste sich entscheiden zwischen erfahrenen Fakten und Vorgängen und allgemein angesagter Diktion, ja fremdartigem Narrativ, was eine politische ‚Umerziehung‘ gebot. Dabei war auch deutlich geworden, dass andere Wahrheiten offensichtlich gedehnt, während die eigenen geschönt sein konnten.

Diese letztlichen Unklarheiten, befördert durch politische Forderungen in der Nachkriegszeit, erzeugten Unsicherheiten und die Frage, wo man die Wahrheiten denn suchen sollte. Im Sich-Zurückziehen konnte das nicht gelingen, im Offensivdrang nur misslingen. Man tröstete sich mit dem eigenen Aufschub des Suchens nach Wahrheit in der späteren persönlichen Entwicklung. Aber dieses immerwährende Zweifeln erzeugte nicht nur Unsicherheit in eigenem Aufbau, sondern gar im Entwickeln von persönlichen Standpunkten. Man gewöhnte sich an Vorgaben vom politischen „Oben“, obwohl man das ‚Führerprinzip‘ gerade ablegen sollte. Im Innern erzeugte es vorsichtig abtastende Ängstlichkeit ohne direkten Grund, aus heutiger Sicht wohl auch tiefenpsychologisch die Sorge vor gravierendem Fehlverhalten und so reale, aber nicht definierte Angst.

Tatsächlich überfielen mich Angstzustände, die ich mir damals nicht erklären konnte. Als ich ungefähr 16/17 Jahre alt war, bemerkte ich an mir davon ein Übermaß, das ich loswerden wollte. Ich beließ es nicht beim Erkennen und Erleiden, sondern ersann ein Mittel dagegen, das helfen sollte, ganz allgemein meine Ängste abzulegen.

Dafür sorgen sollte ein ‚Baden in Angst', um sie umzustülpen und dann abzustreifen. So stand ich nach 22 Uhr vom Bett auf, steckte mir vorbereitete Holzscheite vom Brennholzstoß zwischen Gürtel und Lederhose und füllte meine Hosentaschen mit Steinen. Ein zurechtgelegter griffiger fester Stock komplettierte mein Arsenal für den nächtlichen Schleichgang in die nahen Wälder. Als es immer finsterer wurde, musste besonders auf die Schritte im Dunkeln aufgepasst sein, weil man stolpern und fallen hätte können. Niemand hätte bei einer Verletzung helfen können, niemand überhaupt suchen können, weil niemand gewusst hätte, wo er oder sie hätte suchen sollen. Wurzeln und Ästchen in der Streu zwischen Stauden und Sträuchern knackten und schufen Laute, die verräterisch für einen möglichen „Verfolger" hätten sein können. Damit wäre die eigene situative Position sofort geschwächt gewesen. Ich ‚suhlte' in der erdrückend ungemütlichen Hülle von Angst und brutaler Ruhe im nächtlichen Wald. Das noch nicht zur Ruhe gekommene Wild im Wald hatte mich längst bemerkt und war eilig seitwärts weggehuscht, als es mich wahrnahm. Die Finsternis wurde in der eigenen inneren Unruhe dröhnend laut. Nichts entging mir. Laute von wenigen entfernt fahrenden Autos hörte ich nur andeutungsweise. Ein Blick nach oben durch die Baumkronen half auch nichts. Kaum ein Stern war zu erkennen. Ich musste irgendeinen Weg selbst finden. Wenn Wolken aufzogen, wurde es stockfinster. Gleichzeitig entstanden dadurch Windböen, die

die hohen Föhren uneinheitlich gegeneinander bewegten. Daraus entstand ein Knacken beim baumelnden ‚Anhutzen' von dürren Ästen, was arg bedrohlich wirkte. Wenn ein solcher Stecken herunterfiel und im Gebüsch leise Geräusche verursachte, riss es mich blitzartig herum, weil das ja ein anschleichender Verfolger hätte sein können. Dass es nicht so war, beruhigte nur wenig. Über drei Stunden später kam ich nach Hause. Nach der zweiten Nachtwanderung verbot mir meine Mutter, die meine Abwesenheit bemerkt hatte, eine Wiederholung „wegen äußerst großer Gefahren". Widerwillig gehorchte ich. Aber die Ängste waren einem besseren, einem stabilen Selbstvertrauen gewichen, das mit körperlicher Robustheit nicht abgetan war. Sosehr mir diese Methode geholfen hat, so wenig ist sie empfehlenswert, weil sie wirklich zu gefährlich ist für jeden, der sich mit der ‚Naturburschenart' im Wald nicht so befasst hat.

In den 80er-Jahren haben wir einmal mit 10- bis 14-Jährigen eine nächtliche Waldwanderung organisiert. Es war ungefähr ein Dutzend Kinder, die mitmachen wollten. Den Weg war ich vorher zweimal nachts abgegangen, um jedes Risiko auszuschließen, dass ich mich selbst in den Wegen täuschen sollte. Nichts wäre schlimmer gewesen, als wenn die jungen Menschen eine Unsicherheit bei mir und vielleicht noch ein Verlaufen in ein Dickicht hätten erleben müssen. Dafür merkte ich mir einige Konstellationen von Baumwipfeln an relativ markanten Stellen, weil man sonst keine Punkte sah. Mit Hans Fuchs sprach ich mich ab. Für den Fall, dass sich ein Kind den Fuß verknackste, sollte er an zwei Stellen, von der Wegeführung völlig unsichtbar, mit seinem Wagen warten, um es nach Hause zu bringen. Bis zu diesem Treffpunkt wollte ich im Fall des Falles den jungen Menschen selbst tragen. Einer der Punkte war nahe der Schwalbenbachbrücke. Aber auch an diesem Punkt musste Hans Fuchs niemanden einladen. Die Nacht wurde immer finsterer und die Buben und Mädchen immer ängstlicher. Meine Vorarbeiten halfen mir jetzt. Nur einmal habe ich mich etwa zwanzig Meter vom geplanten Weg abgezweigt gefunden, aber gleich wieder eingefädelt. Während wir vorher noch den „Lärm der absoluten Stille" erlebt hatten, munter drauflosgegangen waren, hingen jetzt plötzlich an jedem meiner zehn Finger Hände einer jugendlichen Hand.

Aber dann erst noch die geplante Dramatik: Vor der historischen Keltensiedlung sollte Hans Fuchs vor dem Wald kurze Leuchtzeichen mit seinem Autoscheinwerfer geben, um dann wieder leise zu verschwinden. „Alle Mann in Deckung". Alle wurden noch leiser, legten sich auf den Boden und warteten. Ich schlug vor, uns in drei Gruppen aufzuteilen und uns als „Zange" im Halbrund an die Stelle anzuschleichen, wo da wohl Fremde im Wald wären. Doch keiner wollte von mir weg, sodass wir uns zusammen anschlichen, so gut es in der veranstalteten Beklemmung ging. Als wir in der Nähe der Stelle waren, setzten wir mit lautem Rufen und Anrennen an und vollzogen mit teils ängstlicher Stimme den Angriff'. Doch – geplant – die ‚Verdächtigen' waren weg. So bewegten wir uns einigermaßen siegreich aus dem Wald, bis wir auf einem Feldweg zwischen den Äckern auf dem Gebiet des Adenbergs (‚hinter Retzendorf") neues Licht sahen. Wieder Anschleichen! Doch dann endlich die Erlösung: Hans Fuchs hatte einen richtig guten Eintopf in einem großen erhitzten Kessel vorbereitet und kredenzte das warme Essen zusammen mit heißem Tee. Ein versöhnlicher, verdienter und nahrhafter Abschluss als Belohnung für die tapferen jungen Menschen. Es blieb nichts übrig. Punkt 23 Uhr konnten die dort wartenden Eltern dann vor dem „Rezatgrund" bei Familie Schmidt in Retzendorf ihre Kinder gesund und um ein Erlebnis reicher in Empfang nehmen.

Eine bedrängende Enge im eigenen Elternhaus könnte aus heutiger Sicht für die vorher ängstlichen Störungen mitbelastend und einprägend gewesen sein. Für die Unterbringung von

Flüchtlingen wurden in allen Kommunen „Wohnungs-Kommissare“ bestellt. In Windsbach war das zunächst Zahnarzt Graf, der auch uns in dem kleinen Haus mit 82 m² Wohnfläche eine Einquartierung androhte. Als dann der Flüchtling Anton Karl zum Kommissar bestellt wurde, quartierte er sich selbst mit seiner Frau bei uns ein – und blieb ganze fünf Jahre da. Erst wenn er „eine adäquate Wohnung gefunden hätte“, wollte er wieder ausziehen. Im Detail sah das aber so aus, dass die beiden Leute die ruhigen Zimmer zum Garten hin belegten, die Mitbenutzung von Bad und WC hatten, wir dagegen eine Küche samt einer kleinen Kammer für Speisen – und zwei Zimmer zu viert. Weil das Schlafen nachts zum Problem wurde, mussten wir Buben jede Woche abwechselnd zwischen unseren Eltern und auf einem viel zu kleinen Sofa in der Küche schlafen, auf dem man sich sogar als Kind nicht einmal strecken konnte. Ich weiß, dass andere Familien damals auch sehr beengt gewohnt haben.

Anton Karl mit seiner Frau Else, sie Schneiderin, richtete sich einen Weinhandel ein mit einem Lager irgendwo in der Stadt. Wir konnten ihm sehr helfen, als er einen Blutsturz hatte und im Badezimmer zusammenbrach. Mein Vater leistete Erste Hilfe, während ich durch die nächtliche Stadt zu einem Arzt rannte, um ihn herauszuläuten und zu bitten, zu uns zu kommen. Da war höchste Eisenbahn geboten.

Diese beengten fünf Jahre bedeuteten für mich fünf Jahre Schulzeit im Gymnasium, wo Lernen ein Ausgeschlafen-Haben bräuchte. Diese Probleme hatten die Mitschüler im Pfarrwaisenhaus und späterem Studienheim nicht. Dafür fehlte ihnen die Teilhabe am wirklichen Daheim. Das Manko konnten weder ihr Zuhause noch Windsbach ganz ausfüllen.

Sportliches Nebenbei

Irgendwann kam ich auf die Idee, mich kräftiger machen zu wollen. Und nach den Hausaufgaben wollte ich auch noch richtig „Luft schnappen". Mich reizte eine Fahrt ostwärts über den damals noch steileren Schwalbenbach-Hang hinauf nach Hergersbach bis nach Abenberg und dann gleich noch weiter. ‚Wenn schon, denn schon!' Ich fuhr bis nach Roth an die Brücke hinunter und nach ein paar Minuten des Ausruhens wieder zurück. Das machte ich in diesem einen Sommer neun- oder zehnmal. Ab dem siebten Mal bin ich die ganze Strecke hin und zurück im höchstmöglichen Tempo gerast, für Beobachter am Straßenrand habe ich sicher ausgesehen wie ein Irrer oder auf der Flucht. Meistens hatte ich schönes Wetter. Doch als mich einmal ein Wolkenbruch überraschte, war das auch egal. Ich war ja nicht aus Zucker.

Gemeinsamkeit mit den Schülern des Heims hatten nur die Schulmannschaft im Fußball und der Tanzkurs. Gelegentlich wurden wir gewahr, dass wir gute Fußballer an der Schule hatten. So spielte unser Hans Keller als Schüler sogar in der 1. Mannschaft des TSV Windsbach mit. Unser Mannschaftsführer war ein gewisser Hermann von Loewenich, der spätere Landesbischof. Mich wählte man auch irgendwann dazu. Aber Stammspieler wurde ich erst, als wir gegen die Augustana-Hochschule in Neuendettelsau wiederholt gewannen – einmal 5:2, wovon ich drei Tore beisteuern konnte. Als Sportlehrer Dittmann davon erfuhr, wollte er es nicht glauben. Doch damit war ich in die Gemeinschaft der Schulmannschaft endgültig aufgenommen. Man lud uns dann zu einem Schulsportfest nach Schwabach ein, wohin wir selbstverständlich erst mit den Fahrrädern anreisten und im Handball gewannen. Das war schon eine echte Gemeinschaft. Das Beste aber schien uns die Freistellung vom Unterricht an diesem Tag zu sein.

Unser Tanzkurs mit allen Teilnehmern.

Werkstudent in den Ferien bei LOOS in Gunzenhausen.

Als man unsere Klasse zu einem Tanzkurs aufrief, hatte ich keinen Anzug. Also arbeitete ich in den Sommerferien davor in Gunzenhausen im Büro der Kesselfabrik LOOS als Werkstudent. Damit konnte ich mir beim „Schneider-Beck" einen Anzug für 129 Mark kaufen, wozu mein Vater nur noch 15 Mark beisteuern musste. Außer der Klassenkameradin Helga Zwingel waren aus Windsbach nur noch die Tochter der Familie Heimbrecht nahe dem Kidrontal, Helga Hagelauer und zwei Töchter des evangelisch-lutherischen Dekans Heinrich Seifert dabei. Zur Auffüllung des

Bedarfs an Mädchen besorgte man eine Mädchenklasse der Mittelschule aus Neuendettelsau. Weil wir nur ein Mädchen in der ziemlich großen Klasse hatten, wäre Feminismus sowieso kein Thema gewesen. Die anderen Mädchen aus der Klasse waren im Lauf der ersten Jahre Gymnasium ‚abgeschmolzen', einige Stadtschüler waren in die Lehre umgezogen oder wie Egon Pöllmann an das Gymnasium Schwabach. Weil die Mädchen zumeist aus Neuendettelsau mit dem Zug ankamen und nach dem Tanzkurs wieder pünktlich wegfuhren, kamen kaum Unterhaltungen oder gar Gespräche zustande. Man traf sich halt beim Tanzen-Üben. Das maskulin beherrschte Ganze hatte so immer etwas Schlagseite. Trotzdem war der Kurs ganz nett. Wir Burschen lernten Formen des Umgangs, des Respekts und des kollegialen Umgangs mit den Mädchen. Das war schon ein richtiger und wichtiger Fortschritt für uns. Der Umgang mit dem „Tanzsportgerät Mädchen" war schon etwas Besonderes und Neues.

Doch meine Begeisterung hielt sich in Grenzen. Die zwanghaften Schrittfolgen der Tänze in Rhythmen, die Bewegungen und Drehungen auf Kommando, hätte ich manchmal gerne eingetauscht gegen kurze Hosen und einen Ball am Fuß, auch bei miesem Wetter. Meine ‚Tanz-Dame' Bärbel Mücke tat mir da schon ziemlich leid, muss ich ihr als schwitzender Jungspund mit Anzug und Krawatte und Leidensmiene beim „Exerzieren" der Tänze unter der mit Brisk geglätteten Frisur, obwohl sonst sportlich – wohl ziemlich hölzern vorgekommen sein. Meine Schuhe aber, ich betone meine, waren nach der Tanzstunde jedenfalls unbeschädigt.

Von einer großen Schneeballschlacht am Anstaltsberg zwischen uns Buben aus der Stadt mit einer Verstärkung aus dem Dekanat nach einem Konfirmanden-Unterricht gegen viele Heimschüler habe ich an anderer Stelle berichtet.

Respekt vor dem Werden des Chores

Naturgemäß bildete das ‚Erziehungswerk Windsbach' mit Heim und Gymnasium, mit Studienräten und Präfekten, und später mit Kirchenmusikdirektor Hans Thamm, die Jugendlichen in Windsbach vorrangig nur aus. Schüler im Heim des Pfarrwaisenhauses waren jugendliche Bürger in anderen Kommunen, in Windsbach nur zeitweise Gäste. Und „Stadtschüler", zusammen mit denen aus Neuendettelsau und Mitteleschenbach, Heilsbronn, Spalt, Wolframs-Eschenbach, Abenberg und einigen anderen Orten wie der Mühle in Schlauersbach, hatten mit „denen da oben" eben auch nur eine Zeitlang zu tun. Es entstand dennoch eine freundschaftliche Verbundenheit, was schon beim ersten Klassentreffen und auch bei jedem späteren viele Jahre nach Beendigung der Schulzeit, an der Freude über den Erfolg „des Chores" zu spüren war – freilich nicht ohne die Hinweise auf Nickeligkeiten von damals in der Pubertät der Penne-Zeit. Das Verbundensein beherrschte Jahrzehnte später die jährlichen Treffen. Mancher Hinweis auf „bevorzugte" Choristen im Heim, nach denen etliches ausgerichtet wurde, ebnete erst den Weg zu späterer Einigkeit. Dass man sich auf die Nerven gegangen war, aber Nicht-Heimbewohner auch passiv am Aufstieg des Chores und ja, auch des Heimes, beteiligt gewesen waren, ging manchem früheren Heimschüler da erst richtig auf.

Bei Klassentreffen, als viele von uns schon vor der Pensionierung standen, etliche Pfarrer darunter, kam auch Schabernack heraus. Und zwar von Leuten meiner Klasse. Diese hatten am Konfirmanden-Unterricht an ihren Heimatorten teilzunehmen, was heißt: meist an keinem, denn sie waren ja in Windsbach.

Als wir einmal im Konfirmandenraum des Dekanats (zuletzt viele Jahre das Haus der Arztpraxis Dr. Braun), das Schlusslied sangen und anschließend auf die Straße traten, fiel sofort auf, dass etwas nicht stimmte: Die Fensterläden waren verschwunden. Einige rannten sofort los, um zu sehen, was zu retten wäre, wenn man die Diebe noch erwischte. Ernüchtert gaben wir alle auf. Herr Dekan Seifert telefonierte derweil mit der Polizei.

Bei einem unserer Klassentreffen wohl vierzig Jahre später kam man auf diesen Fall zu sprechen. Plötzlich grinsten mindestens zwei von unserer Klasse, längst selber Pfarrer, und erzählten, was sich damals zugetragen hatte. Man hätte uns Konfirmanden im Dekanat mehr laut als schön singen hören und sich im Schutz des Lärmpegels den Schabernack ausgedacht. Man hätte die Fensterläden ausgehängt und eilig in der Nähe hinter einen Zaun gehoben und versteckt. Da wären sie erstmal sicher gewesen. Dann ganz schnell weg und aus dem Staub gemacht! Nachts wäre man wiedergekommen. Die etwa vier Burschen hätten dann die Fensterläden aus dem Garten geholt und über das Hubers Gängla zur Rezat getragen. Am Untereschenbacher Mühlenwehr hätte man dann zwei Tage später am Fanggatter die Fensterläden aus Holz angeschwemmt und unbeschädigt wiedergefunden. Barmherzige Untereschenbacher hätten die arg nassen Läden dann zum Dekanat in Windsbach zurückgebracht. Man hat nie erfahren, wer diese Tat zu verantworten hatte. Allgemeine Aufmerksamkeit wurde vermieden in der Hoffnung auf einen Zufall, der die Täter verraten würde. Mit der Lust am Unfug stand auch die Gefahr einer Wiederholung im Raum.

Dass es bei relativ Schönem nicht blieb, macht die Antwort auf meine Frage deutlich, die ich bei einem Klassentreffen völlig neutral dem weit angereisten Kameraden Ernst Bergmann gestellt habe. Bergmann hatte ein Uni-Examen und sich dem großen Orden der Communauté Taizé in Burgund/Frankreich angeschlossen. Sein Vater war vor Bergmanns Eintritt in unsere Klasse

Missionar in Neu Guinea gewesen, während er seine Ausbildung in Australien genoss. Seinen Bruder-Orden sah er als wirkliche Möglichkeit zum Nachdenken und Verbessern des Umgangs der Menschen miteinander, um sich gegenseitig zu helfen. Sein Englisch war ganz anders als unser Schul-Englisch. Sein Schulwissen deckte sich mit unserem kaum. Aber wir mochten ihn und halfen ihm.

Als er erzählte, schwand unsere Skepsis über den Orden. Meine Frage an ihn lautete: „Und wie hast Du uns in Erinnerung?" Da runzelte er die Stirn: „Mir gegenüber immer freundlich und angenehm; aber die Schüler untereinander und gegenüber etlichen Lehrkräften doch manchmal befremdlich". Das saß. Egal, was man selbst inzwischen geworden war, es war eben nicht das übliche sich „gut in Erinnerung haben, alles andere verdrängt haben", wie so oft in Reden bei solchen Treffen. Mir geht das heute noch manchmal nach. Da macht sich Jugend im Umgang miteinander doch öfter viel zu wenig Gedanken. So sehe ich heute das Alter nicht als Verdienst mit unumstößlicher Weisheit und Jugend nicht als gerechten Anspruchsgrund, ohne Rücksichten zu üben. Da könnte manche in Demonstrationen geforderte „Neue Politik" ins Vorgestern zurückrutschen. „Klima", „Gerechtigkeit", „Nachhaltigkeit", „Gesundheit", „Umverteilung", „Minderung jeglichen Konsums", „Offensein für jeden und alles" (und dann wohl nicht ganz dicht), „Grün" nicht bloß als neutrale Farbe. So widersprüchlich wie alle anderen Sozialismen, des kommunistischen, nationalistischen, religionistischen und nun des ökologistischen Sozialismus, kommen sie fast immer als „Retter", „Bewahrer", „Hersteller" und „Besorger" von … und „Kämpfer" für … daher mit dem manchmal eindeutig radikalen Motto: „Der Zweck heiligt die Mittel!". Kein Zweck kann jegliches „Mittel" heiligen, und „heiligen" schon gar nicht. Da der „Zweck" auch autognostisch definiert wird und die Macht zur Realisierung autokratisch aus eigenem Dafürhalten und Fordern emporkrabbelt, bleibt naive und infantile Herangehensweise als Asche nach den wohl unweigerlichen Selbstvernichtungs-Aktionen übrig. Aller „neuen Zeit", „neuen Politik", „Transformation der Wirtschaft" und „neuer Performance" haftet der Mangel an, eine Wirkungswirkung nicht mit eingeplant zu haben: die Bereitschaft, faschistoide und totalitäre Methoden zur Durchführung von Wegebau in praktikable Zukunft, ja Zukunftsfähigkeit nicht mitbedacht zu haben. Widersprüche, Defizite und Ziel-Wolkigkeit als „Verkündung" darzureichen, macht skeptisch. „Follower" gibt es trotzdem immer. Die Frage nach dem Niveau muss gestellt und beantwortet werden.

Spätpubertäres Nachtreten gehört nach meiner Ansicht nicht zu erfolgter „Bildung", eher wohl noch Geschichte, in der „Revolutionen" danach immer ihre eigenen „Kinder" ‚verschlungen' haben.

Je dreister und jugendlich frecher die Auftritte und Reden, desto vorsichtiger wird der Empfänger solcher Verheißungen. Alle diese Sozialismen haben eines gemeinsam: Sie brauchen und verbrauchen zuerst Leistungen anderer, Leben, Werte, Erschaffenes und Weiterführendes für ihre Zwecke der ideologischen Verblendung. Erschaffen dürfen andere etwas: Leistungen der Allgemeinheit für ihr Klientel zu fordern, preisen sie als ihre Leistung. Erst danach und nur teilweise für angeblich die, die man zu begünstigen vorgibt. Dieses Strickmuster ist uns Kindern, ursprünglich an Geburt „Friedensware", nicht nur einmal seit dieser Zeit begegnet. Weil aber prätentiös für Gerechtigkeit gelobtes Gleichmachen nur auf weiter unten liegende Ebenen führt, weil Glattstreichen nie nach oben hebt, liegt Misserfolg mit Zielverfehlung schon im Ansatz. Weil eine Umverteilung von oben nach unten wie im doppelbauchigen Sanduhrglas zwar immer mehr ‚Sand' nach unten rieseln lassen kann, aber recht bald immer weniger nachkommt, wird Versagen durch Versiegen bald sichtbar. Weil so eine geschlossene

Sanduhr zeigt, dass endliches Hab und Gut begrenzt ist, wird bald klar, dass man an weiterführende Maßnahmen denken wird. Man würde sogar eine Sanduhr eher zerstören, um von außen neuen Sand zu generieren. Denn die Chose muss am Fließen gehalten werden. Also muss man immer neue Quellen zur Finanzierung der Umverteilung von oben nach unten ersinnen und erschließen. Das heißt nun: neue Steuern und Abgaben gegen Vermögen und Einkommen. Das erste Gebot der zehn, die als erstes Buch von Moses eine Gemeinschaft allgemein mit funktionierenden Regeln gestalten half, wird damit schon gebrochen: „Du sollst Dich nicht lassen gelüsten nach deines Nächsten Hab und Gut (Vermögen und Einkommen)". Damit greift sozial gerechte Umverteilung nicht nach Mitteln für Gerechtigkeit, sondern eher die Regeln des Zusammenlebens an. So betreibt man aktiv die Spaltung einer Gesellschaft, die erst im ehrlich strebenden Zusammenwirken relative „Wunder" geschaffen hatte.

Meine Schlussfolgerung entgegen missverständlichem Tun: Erst eine „Neue Kultur des Leistens" bietet Chancen für alle, jeden einzelnen, für größere Einheiten und für Staaten" (meine gesonderte Themenbehandlung). Oder soll man global umverteilen?

Wer weiterdenken kann, stellt tendenziell als vermögender Betreiber oder Investor „es" ein oder sich selber erst gar nicht mehr zur Verfügung – weder mit Einsatz, Nerven und Gesundheit und Zeit, noch an Vermögen oder Beteiligung an Gemeinschaftlichem.

Leisten in diesem Sinne kann an jeder Position von jedem erbracht werden.

Wo nichts bloß „zugeteilt" wurde, ist Umverteilung nicht „gerecht"

Große Macher an der Sanduhr müssen, um Endlichkeit des Mittelflusses zur Umverteilung zu vermeiden, immer wieder die Sanduhr umdrehen. Erst dann kommt neuer Sandfluss (Mittelfluss) zustande, aber Umverteilung in umgekehrter Richtung. In der Praxis werden dann für neue Investitionen gar von politischen „Umverteilern", um sich selber aus der Zwickmühle zu retten, nun Anreize geschaffen, steuerliche wie zum Beispiel „Bauherrenmodelle", gar Subventionen, damit man als Investor nicht aufhört zu investieren und (sich) nicht wegzieht. Diese Mittel werden aber aus Steuern und den Abgaben aller generiert, die auch vom „kleinen Mann" abgeschöpft werden (beispielsweise über Mehrwertsteuern auf Güter des täglichen Gebrauchs oder Verbrauchs). Das wird dann, wie in den letzten fünfzig Jahren schon ein paarmal gesehen – als ungerechte Umverteilung von „unten nach oben" angeprangert. Es werden dafür nun Wahlen gewonnen und der Spieß politischer „Maßnahmen" wieder anders herum gedreht: Doch in Wahrheit wird nur die Sanduhr gedreht, weil das Treiben dann von Neuem beginnt. Der Sand kann wieder rieseln, von oben nach unten. Wenn es nicht mehr ‚läuft', dann wird wieder gedreht. Und so weiter. Aber dieses komische Spiel frisst Substanz nicht nur an nachhaltiger Zukunft, nicht nur mit Abbau in Volkswirtschafts-Potenzial, sondern auch an Willen für die Bereitschaft zum Zusammenhalt. Wobei nachhaltig bei Immobilien bedeutet, längerfristig gebrauchsfähig zu bauen und deshalb zukunftsfähig für mehrfach mögliche Nutzung flexibel zu konstruieren. Natürlich kann man auch aus Ruinen Material klopfen – so wie Nazi-Größen nach dem Krieg. Aber müssen denn zuerst solche Entwicklungs-Ruinen entstehen?

An dieser Stelle ein ganz ernstes Wort: Die Gesellschaft in Deutschland ist mehrheitlich durchdrungen von einem Übermaß an Unverstand über wirtschaftliche und wirtschaftspolitische Zusammenhänge. Kenntnisse werden standhaft seit Schulzeiten nicht nur liegengelassen, sondern es wird gar schnöde abgelehnt, etwas davon aufzunehmen. „Bildung" auf diesen Gebieten gehöre zu Randthemen und in Nebenfächer eingetütet. Sie erscheint wie ein großes politisches Poster auf den Programm-Bühnen, inhaltlich aber wie eine Dachrinne ohne Regenwasser, immer zum Befüllen bereit, aber untätig.

Genügsamkeit kann zum Stillstand im Denken und Umsetzen führen oder zum Anreiz für Unfähige, die „Wirtschaft zu transferieren". Natürlich damit auch diese Gesellschaft.

Hinter dem Vorhang von vorgeblichen „Klimaschutz-Maßnahmen" werden unheimliche Dinge geprobt. Den Akteuren an den Hebeln der Wirtschaftseinheiten und aufnahmegeneigter Öffentlichkeit wird klargemacht, dass man mit hohen Kosten und Verzicht auf diesen oder jenen Spielraum höhere Gewinne machen könnte; dass man mittels Vorbildfunktion in Sachen Energieverteuerung im weltweiten Konkurrenzkampf doch letztlich alles beherrschen könnte. Dass man unter der Haube der staatlichen Lenkung besser aufgehoben wäre, weil hier die Orientierung richtig ausgerichtet wäre. Man gibt sich sicher, dass durch eine Begrenzung von Einkommen – natürlich vor allen in Freiberufen – das Wohl aller besser gesichert sei, dass „Umverteilung" gerechter sei und Enteignung eh sinnvoller.

Dass dabei die behauptete wichtigste Klientel an Wählern nicht vergessen werden soll, dazu darf man sich eine Irrfahrerflagge an den Hut heften: ‚Sozial' sei eine Vortreppe von ‚sozialistisch' und daher von vornherein gut. Erbe sei ‚unverdientes Einkommen' von Erben und daher Ziel-Objekt von Zugriffsberechtigten aus der Umverteilungs-Szene.

Und diesen Flötentönen folgen tatsächlich immer wieder – vor allem – Massen, die sich ein Mehr an Wohlstand daraus erwarten und entsprechend „ihre Parteien“ wählen.

Daraus muss logischerweise „Eigentum“ und „Wirtschaft“ zu Gegnern der Bevölkerung stilisiert sein. Und das gelingt mit Forderungsparolen, nach denen alles besser würde.

Doch so einfach und billig ist das nicht. Wäre das so, bräuchte ein großartiger Chor nur Noten zu kaufen, er müsste nicht proben und die Sänger bräuchten keine Ausbildung zu machen. Alles würde per Umverteilung aus der Erbmasse früherer Komponisten der Klassik gerecht zugeteilt. Warum dann überhaupt noch Ausbildung, geschweige denn „Bildung“?

Ludwig Erhards Leit-Ideen lohnen sich für alle

Ludwig Erhard, der de facto-Begründer der „Sozialen Marktwirtschaft“, dem man gerade noch den längst historischen Erfolg zuschreibt, aber zuhauf von Unfähigen für sich in Anspruch genommen wird, sagte es deutlich: „Soziale Marktwirtschaft ist zuallererst Wettbewerb, aus dessen Effizienz die Leistungen für das Soziale zuvor erwirtschaftet werden“. Zur dazugehörigen Politik: „Wirtschaftspolitik ist zur Hälfte Psychologie, aber die andere Hälfte ist härtester Wettbewerb!“ „Sozialität“ verlangt die Solidarität aller, nach besten Kräften mitzuwirken für Beiträge zum Wohle einer Gemeinschaft im Lande“. So erschaffe man „Wohlstand für alle!“.

Erhard verachtete die Kostgänger der Selbstzufriedenheit ohne Leistungs-Beiträge.

Wir unterscheiden sehr wohl, wie die Mitglieder in der Gesellschaft eingeordnet sind: statisch, passiv, inaktiv, aktiv und dynamisch. Wo sind da wohl die Lokomotiven, die den ganzen Zug ziehen sollen?

Aber von Logik halten viele dieser Irrwegleuchter ohnehin nicht viel. Da müssen wir uns schon eine Anleihe aus der Philosophie nehmen. Die unterteilt die Logik in zwei Arten: Die kasuale Logik: Fall 1, Fall 2 und danach Fall 3 usw. Eine Reihe ist dann logisch, wenn sie hintereinander gerichtet steht und daraus Sinn gibt. Wenn ich mir Filterkaffe mache, sollte ich die Dinge in klarer Reihenfolge tun, sonst wäre alles nur Spülwasser. Kasual von Casus: Der Fall rückt also die logische Reihe hintereinander. Sie ist in sich logisch, weil sie nicht umgekehrt eingereiht oder in der Mitte begonnen werden kann.

Die zweite Art Logik ist die kausale Logik von lat. causa = Sache, Ursache, Begründung.

Da bezieht sich das nachher Gebrachte auf das Vorherige mit Bezug auf, „deswegen“, „weil“, „daher“, „aus diesem Grund“ usw. Dazu braucht die Philosophie ein ebenso treffendes wie treffliches Beispiel. Kasuale Logik: „Er wurde geboren, heiratete und starb“. Diese Reihe ist in sich logisch, weil sie weder rückwärts geht noch zum Beispiel mittig begonnen werden könnte. Auf dieses Beispiel reduziert – was zeigt, dass man nicht eins zu eins übertragen kann – hieße es hier für eine kausale Logik: „Er wurde geboren, heiratete deswegen und starb daran!“ Aber diese beiden Logiken können auch viele Akademiker nicht trennen. Zwischen ‚folgen‘ und ‚folgern‘ ist eben ein klarer und elementarer Unterschied.

Und das heißt in unserem Denken, dass jedes Schöpferische erstickt wird, jede Mühe sinnlos wird, jedes Sparen für die Nachkommen erübrigt wird, keine Investition mehr durchgerechnet geschweige denn unternommen wird, wenn Maßnahmen des Abschöpfens zur heillosen Regel werden. Als ob man dieses schaurige und in Volksarmut führende Spektakel nicht erst sehr teuer hätte beräumen müssen.

Und als ob dann überhaupt noch Ausbildung mit breiter Bildung ernsthaft Sinn ergäbe.

Sobald darin Zweifel entstehen und Ausruhen im Bestand zu Selbstzufriedenheit führt, ist der Zenit unseres Wohlstands schon überschritten. Anstrengung wird dann weniger und die Leistungen sinken exponentiell. Wir wachen dann auf, wenn wir verloren sind. Nicht nur im Fußballwettkampf kann sich das Tabellenbild ganz unten schnell ändern.

Mit Inbrunst lernt die „weitergebildete Schülerjugend“ das angeblich wegweisende Motto: „Liberté, Egalité, Fraternité!“ „Freiheit, Gleichheit, Brüderlichkeit!“. Doch Folgen dieses Mottos trugen das Gegenteil des damit erstrebten gesellschaftlichen Ziels in Harmonie ein. Man folgte einem Schema, das in seinen Folgerungen nicht passte. Dieses Motto wurde zwar zum Fanal der Revolution, wurde aber ein Mogeln.

Niemand hat sich damals klargemacht – und leider die wenigsten auch heute noch – dass auf Gleichmachen keine Freiheit folgt, und Freiheit andererseits durch Zwang-Gleichmachen sogar ausgehebelt werden muss.

Wenn nämlich von den bald acht Milliarden Menschen auf der Erde kein einziger wie der andere ist, worauf ja auch die Gentechnik fußen kann, erbliche Anlagen, Umfeld und Wollen mit Bestreben sowie geopolitische Umstände jedes einzelnen sich immer unterscheiden, kann Gleichheit nur unnatürlich sein. Man müsste sie „machen" gegen die Natur des Menschen, also erzwingen. Und das führt zum Gegenteil einer Freiheit, was Zwang unter dem Joch von Machern der Unfreiheit, also jenen selbsternannten Apologeten einer imaginären Gleichheit bedeutet. Heraus kommt dabei ein sich den Funktionären Unterwerfen, die dann in immer kleinere Details der Lebensführung aller Personen eingreifen. Das beginnt mit Einmischen in das operative Geschehen in das Wirtschaften, von dem man mental so weit entfernt ist wie der Mond von der Erde.

Denn entweder ist man für eine freiheitliche Staatsform, dann in Wirtschaft und der Gesellschaft, oder eben nicht. Es gibt keinen demokratischen Sozialismus, so wenig wie eine sozialistische Demokratie. Muss es da wirklich noch weitere Beispiele geben?

Und Fraternité, also Brüderlichkeit, wird von den beanspruchenden Brüderlichen oft am wenigsten geübt, wohin man auch schaut. Das hat nur so viel Kraft wie Fensterkitt. Die Völker werden sich entscheiden müssen zwischen freiheitlichem Leben und dem Leben, das uns Funktionäre des Gleichmachens auferlegen, die sich selbst erfundene Macht zusprechen. Wenn wir lernbereit sind, haben wir im Anreiz-System der Freiheit ein lebenswürdiges Leben. Geordneter Rahmen vom Staat, und Eingriffe sind unnötig. Lenkung mit Anreizen führt weiter. Denn Menschen wollen Sicherheit und Frieden in Freiheit.

Doch dazu gibt es ein einleuchtendes Muster: den „Windsbacher Knabenchor", dem es möglich ist, die jungen Leute neben ihrer schweren Schulausbildung mitzunehmen in Leistungshöhen, von denen wir sonstigen Mitbürger meistens nur träumen können.

Als Dozent für Wirtschaft und Wirtschaftspolitik an der Staatlichen Fachschule für Wirtschaft und Technik in Erlangen, an der Hochschule Ansbach und an der IBS, der International Business School Nürnberg, habe ich immer feststellen müssen, dass in den Schulen bis zum Abitur oft wenig gute Bausteine für Wissen zu Wirtschaft gelehrt wurden. Diese Erfahrung haben auch andere Dozenten und Professoren in Wirtschafts-Fächern gemacht. Manches schien aber auch falsch verstanden worden zu sein. Konsequenterweise habe ich dann immer gleich am Beginn meiner seminaristischen Vorlesung, wo ich keinen Satz ‚vorgelesen' habe – vor Studierenden aus sieben Ländern – empfohlen, alles bisher zu „Wirtschaft" Gelernte gemeinsam zu überprüfen. Umso mehr erfüllte es mich mit Stolz, dass eine aus der Stadt Spalt stammende Studentin mit Abitur am Johann-Sebastian-Bach-Gymnasium in Windsbach sich zur Jahrgangsbesten empor-studiert hat, auch in meinem Fach. Dass ich von einem anderen Jahrgang den Studenten-Oskar für die lebendigste Vorlesung erhielt, war mir als anerkennende Bestätigung meines nebenberuflichen Engagements eine bestätigende Anerkennung.

Einen richtigen Schwung dafür verschaffte mir ein nettes Erlebnis an der Hochschule Ansbach. Als sich am Beginn meines zweiten Dozenten-Semesters die Studierenden einfanden, kamen auch zwei große junge Männer herein, die ich kannte. „Wollen Sie nochmals ein Semester hören?“, begrüßte ich sie. „Nein, wir wollten uns bei Ihnen für die Vermittlung von viel gutem Wissen bedanken!“ „Das finde ich sehr schön, kann Ihnen aber auch gleich zum Einser gratulieren“. Die beiden Männer schauten sich an: „Du auch?“ Da hatten sie sich erst klargemacht, dass sie beide zum Einser gekommen waren. „Ja, auf Ihren Prüfungsbogen stand viel begriffenes Wissen!“ „Wir haben bei Ihnen aber auch viel Wichtiges gelernt. Wir haben da Unterschiede erlebt, weil wir vorher an anderen Universitäten studiert haben“. Dieser Tag konnte gar nicht mehr schieflaufen. Da kommt auch Persönlichkeitsbildung durch. Gerne noch mehr davon.

Beim Studium zum Lehrberuf wäre anzusetzen, um später und vielleicht noch rechtzeitig vor dem unwiederbringlichen Abbau dieser bisher erfolgreichen Gesellschaft in Deutschland und Europa neu richtige Weichen zu stellen, meine ich. Wer „sozial“ als Auftakt zu „sozialistisch“ verkauft, schadet seinen Studenten. Wer „Wirtschaft“ in einen Gegensatz zur „Gesellschaft“ vorstellen will, dem fehlt es so schon im Denkansatz, weil logisch „Umverteilung“ nach und aus „Erschaffen“ kommt. Ohne Logik schadet man dem ganzen Land. In Watte legen und Sozialist sein, kann nichts erhalten, noch kann es nach oben führen. Jeder ist ein Teil im Wirtschaftsgeschehen. Niemand ist isoliert, jeder eine Existenz und damit Teil im Wirtschaftsgeschehen. Und jeder kommt ohne „Besorgen“, was „Wirtschaften“ bedeutet, wirklich aus. Der Mensch ist nicht nur ein Gemeinschaftswesen in Verständigung und in einem nützlichen Miteinander, sondern im Austausch von Interessen, Erfolgen und auch Rückschlägen. Jeder kleine und erst recht große Fortschritt der Menschheit beruht darauf.

Im Mittelhochdeutschen habe ich bei meinen Studien zum Winsbeke („Winsbeke, der Windsbacher Beitrag zur Literatur des Hochmittelalters", Roderer Verlag) – übrigens mit der erstmaligen Übersetzung aus damaliger deutscher Sprache in das neue Deutsche durch den vormaligen StR Dr. Koch am Gymnasium Windsbach, später in Erlangen – einen Begriff gefunden, der wohl für die Besorgungen im Haushalt stand. Man kannte den Begriff ‚Hausfrau' damals nicht. Winsbeke verwendete 1210 bis 1220 die Bezeichnung „Ehewirtin". Wirt/en/schaften betrifft somit seit jeher „das Besorgen" für sich und die Seinen und Mitmenschen einer Staatsgesellschaft.

Leisten neu begreifen

Leisten im Wortsinn des sprachlich ursprünglichen Wortinhalts: Lesitan = „vorbildhaftes Tun, dem man folgen kann". Nicht um – wie jetzt üblich – irgendeinen Rekordwert in besonderer Geschwindigkeit oder ein besonderes Ergebnis zu erzielen, sondern neu eine Kultur des Leistens zu erzeugen, kann aus Blockaden führen helfen. Daraus kann an jeder Stelle und von jedem an seinem Platz Leistung erbracht werden. Das konnte ich nachweisen und bestätigt sehen. Das bedeutet umso mehr, dass es um die Bildung von Persönlichkeiten geht, wenn nicht nur technischer Fortschritt erreicht werden soll, sondern auch Bestandserhaltung und Basen für neue Fortschritte geschaffen werden müssen. Es wird sich bald zeigen, dass dies nicht ganz so leicht gelingen wird, wie manche protestbewegte Jugend sich das vorstellt. In meiner Abhandlung: „Was kommt nach der Zukunft?" habe ich versucht, da hinein zu leuchten. In meinem Vortrag beim Nordamerikanisch-Europäischen Pädagogen-Forum an der Hochschule Ansbach, übrigens über siebzig Minuten vor laufender Kamera in englischer Sprache, zum Thema „Help formulate the future", arbeitete ich einige Aspekte dazu heraus. „Köpfchen vor Knöpfchen" muss im Auge behalten bleiben. Und das erfordert hellwaches Mitdenken und Mitmachen und viel mehr Engagement junger Leute auch außerhalb des Spaßfaktors. Allgemeinbildung wird nicht einmal mehr angestrebt. Man kennt aber alles über Schlager, Filme und Show-Größen. Und wenn einer von jenen stirbt, ist das sogar eine Meldung in den Hauptnachrichten des öffentlich-rechtlichen Fernsehens wert. Trost für uns Ältre erhalten wir aus dem leistungsstarken Tun von jungen Einsatzbereiten, Forschern, Erfindern und Schöpfern sagenhaft guter Produkte, von interessanten Ideen samt guter Realisierung aus sehr ernsthaftem Schaffen und Mitdenken, auch für Natur und die Gemeinschaft. Schlimm finde ich die Zufriedenheit mit sich selbst im Defizit des satten Nichtnachdenkens. Daraus erwächst das noch Ärgerlichere, eine Art Sucht nach dem alleruntersten Durchschnitt, also das, was man sich gerade noch als Ziel setzt und sich dann wundert, wenn man als biederer Durchschnitt dann nur den Erfolgreichen ihren Erfolg neiden kann. Neuerdings kann man sogar gegen hart erarbeiteten Erfolg demonstrativ protestieren, ohne sich dafür lächerlich zu machen. Obwohl aber „Demonstrieren", also ein offenes Aufzeigen von Meinung, mit dem Gesicht des Meinungsgebers verbunden sein müsste – denn eine Meinung ohne Meinungsgeber kann nur eine Wortblase vor einem Niemand sein – gefällt man sich hinter Masken und verhöhnt Demonstrationsrecht durch Sich-Verstecken dahinter.

Aus gemachter Erfahrung hören Studierende am besten zu, wenn berufliche Erfahrung in die Vorlesungen, am besten in seminaristische Übungen, einfließt. Dadurch wird ein ganz weltfremder Vortrag vermieden. Und die Handreichungen von Tafeln und Schriften können mit Leben erfüllt, gangbare Wege wohl nur aufgezeigt werden, wenn solche auch mit den Seitengefahren und Kanten, die es zu beachten gilt, plastisch in Erscheinung treten. Substanz muss schon zuerst selbst aufgebaut werden, bevor man Kraft wie bei Transmissionen im Räderwerk weitergeben kann – gutes Pädagogik-Studium hin oder her. Das Beispiel mit der Sanduhr, in der Sand von oben nach unten rieselt, könnte Einblicke neu fördern.

Denn Sand als Material, einmal in Bewegung, kann nur nach unten rieseln, sickern, rutschen, fallen, schwemmen, drücken, schieben. Nach oben braucht er Kräfte von außen, Verbundmaterialien zum Festigen, auch für Steine, und mit diesen noch Willen, Können und Mut zum Aufbau nach oben. „Umverteiler" können also nur nach unten ausgleichen. Dies könnte manchem Forderer und Macher zur Erkenntnis verhelfen, dass totalitäres Tun, das jedem Sozialismus letztlich innewohnt, weil er sonst bei zu wenig Akzeptanz und folgendem Rückschritt gar nichts bewegt, nur zu ‚totalem Tod' führt, somit also zur Vernichtung nicht nur von Substanzen. Jedes totalitäre Machen führt in faschistoide Praktiken, so dass jedes Gesetz weitere, noch härtere braucht, damit die vorherigen überhaupt greifen. Mit Novellen und Verordnungen schafft man dies. Reicht es dennoch nicht, ‚kratzt' man am Grundgesetz oder ändert es gleich. Für einen vollen Untergang braucht man solche Hilfen nicht. Es gibt Anschauungsmaterial. Dass dort die Feinde der Demokratie zu suchen sind, hat der Verfassungsschutz aus einem Mangel an ordnungspolitischen Kenntnissen noch nicht bemerkt. Feuerzeichen könnten längst bemerkt worden sein. „Law and order" als Gegenmittel in Perfektion überdehnt sich zur Unkenntlichkeit. „Stramm gestanden" war schon Beginn eines harten Opfergangs.

Mein Freund Werner Ertel, zehn Jahre jünger als ich, früher auch Schüler am Gymnasium Windsbach und damals Heimschüler, promovierter Chemiker, Betriebsleiter mehrerer Betriebe und Projektleiter beim Bau neuer Produktionsanlagen des Bayer-Konzerns, hat nach Beobachtung des aktuellen Treibens für „Neue Politik" kürzlich festgestellt: „Der neue Faschismus kommt ohne Oberlippenbärtchen an". Und wir waren uns einig: „Der neue Faschismus kommt als Antifaschismus daher!" Wer die Kernelemente der totalitären Beglückungs-Ideologen nie analysiert hat, wird das in hundert Jahren noch nicht verstanden haben, vielleicht vorher schon als ‚Bettvorleger' vor dem Bett eines chinesischen Blockwarts aufgewacht sein. Die Uhren dort ticken heute schon völlig anders. Ich fragte mich schon bei meiner dreiwöchentlichen Reise nach China, was denn die vielen Studienräte auf ihren „Studienreisen" dort wohl studierten, wenn sie sich vorwiegend für Foto-Motive, Essen, Bauten und ausschließlich früher so wichtige Tempel interessierten, aber sonst nur kicherten oder murrten, wenn man nach den sozialen Dingen wie Betriebsräten, Versorgung, Studentenfreiheit, Wettbewerb im Sozialismus und dem Grund für Defizite mancher Art oder auch Naturschutz fragte (Mitte der 80er-Jahre). Unsere Busladung, mehr als die Hälfte deutsches Lehrpersonal, bekam auf meine Frage nach den Rechten eines Betriebsrats von dem Direktor einer Lokomotiven-Fabrik in Datong/Nordchina zu hören: „Wir brauchen keinen Betriebsrat, wir sind schon kommunistisch!" Lehrer/innen fragten da nicht nach. Man nahm auch nur bedauernd, sonst regungslos, zur Kenntnis, dass mitten in Peking die Bewohner vor ihrer Haustür weinten, weil man ihnen für den Auszug aus ihren mittelalterlichen Häusern nur acht Wochen Zeit gegeben hatte. Man wollte alles abreißen, um die Hochhäuser zu bauen, die heute dort stehen. Und dass es da Blockwarte gab – wie bei uns im Krieg, um nach der richtigen Verdunkelung der Fenster zu schauen – regte niemanden auf. Ein solcher Blockwart konnte einen Arbeitslosen auch noch um 22 Uhr aufsuchen und nachschauen, ob der Betreffende „arbeitsbereit" sei. Saß der vor dem Fernseher mit einer Flasche Bier, war er das nicht und verlor seine Unterstützung ab dem nächsten Tag, weil nur der eine „Stütze" erhielt, der „arbeitsbereit" war, Tag und Nacht. Die Bedeutung dieser Punkte war mir klar. Ein Anzeichen dafür, dass man unter Mitfahrern davon besondere Notiz genommen hätte, war nicht zu erkennen. Sozial scheint für viele die normale Vorstufe von sozialistisch zu sein. Da darf man sich über eine gefährliche Juvenilität in Deutschland, die auch unter Erwachsenen weit verbreitet ist, nicht mehr wundern. Dass zwischen sozial und sozialistisch ein klarer Gegensatz besteht, weil Sozialismus die am wenigsten sozial wirkende Gesellschaftsform ist, die überall letztlich alle verarmt, will man nicht hören oder anerkennen. Als ob es nie eine DDR und ähnliche Staaten gegeben hätte und auch in einigen Staaten der EU mit solchen Avancen nicht auch neu gäbe. Aus China habe ich viel Positives mitgenommen. Aber ordnungspolitisch ist es Anschauungs-Material.

Viel zu einfach machen es sich oft „hohe Herren“ mit einer Entschuldigung in eigenem Versagen. Ganz abgesehen davon, dass man sich selber gar nicht entschuldigen kann, sondern nur um solche bitten, muss die Bitte noch lange nicht angenommen werden. Und wenn von „handwerklichen Fehlern“ der Politik zur Entschuldigung gefaselt wird, sollte man einmal einen Handwerker fragen, was mit ihm geschieht, wenn er selbst „handwerkliche Fehler“ macht. Wenn Computer-Fehler vorgeschoben werden, sage ich öfter: „Rauswerfen!“

Zurück zum kleinen heimeligen Windsbach

Kunstgenuss, hohe Leistung und in Fachkreisen „weltbekannt" zu sein, kommt nicht von allein oder von Wolkenbrüchen. Rufmehrung einer Stadt, Erziehungs- und Bildungsziele und auch -erfolge mit ihrem Wirken auf Generationen von Schülern und die Stadtbevölkerung von Windsbach sollen freilich nicht ebenbürtig nebeneinandergestellt werden. Mit Lautstärke durch hartes Üben, so bei den Nachbarn angekommen, hin oder her, verbieten Bedeutungsunterschiede solche Vergleiche. Es gibt so auch kein vergleichbares direktes Gegenüber in Nachbarschaften. Doch das Leben dazwischen war zu meiner Jugendzeit in jeder Hinsicht akustische Realität. Und hat wohl auch geprägt. Denn Gegenpositionen so streitbar einzunehmen und gleichzeitig kreativ-vermittelnd lösen zu helfen, wurde mein Beruf. Für Heimschüler aller Schulzeiten könnte mit neuem Blickwinkel so manches falsche Verständnis ausgeräumt werden. „Die da oben" und die „Stadtschüler" oder „Bäuerle" trafen genau da aufeinander, wo die umgekehrte Ansicht von meiner Warte aus räumlich und erlebnisreich unterschiedlicher nicht sein konnte. Weitblick der späteren honorigen Führungskräfte nach Heim- und Chor-Zeiten, ohne Einblicke in kleinräumiges Leben mit vielen Details je befasst, sieht manchmal an selbstgesteckter Anspruchspeilung vorbei, weil ein ‚Weitwinkel' einen Durchblick mit Sehschärfe für das Kleine nicht ersetzen kann. Der Bitte um Demut zum Hinschauen auf Punkte des Werdens junger Menschen steht der Rat zu mehr Mut zur Seite, um wegzukommen vom Zufriedensein mit bloßem Durchschnitt beim Gestalten der Ordnungsgemeinschaft, ob „Stadt" oder „Staat", „Chor" oder „Schule", die mit ständig neuem Leben gefüllt und geführt werden will. „Gruppen", „Vereine", „Parteien", „Klassen" brauchen flexible Bewahrung ebenso wie Flexibilität für bewahrende Bewährung, konservative Wurzeln für Zukunftsfähigkeiten.

In solchem Tun, Streben und Leisten wurde der Windsbacher Knabenchor vorbildlich.

Dazu brauchte es auch Klammern zwischen „denen da droben“ und denen „unten im Städtlein“. Die Stadt Windsbach mit vielen umliegenden Orten hat sich viel Mühe gegeben und die Zuordnung auch gut geschafft, so wie auch im Heim und im Lehrkörper des Progymnasiums zu jeder Zeit immer Persönlichkeiten bereit waren, sich aktiv ins Alltagsleben der Stadt Windsbach zu einem fruchtbaren Miteinander einzubringen. Das hat sich mit dem zum Gymnasium gewordenen Institut nicht geändert. Bei dem Wunsch zu mehr Brückenschlagen zueinander gibt es freilich noch „Luft nach oben“.

Als Nachbar und Mitschüler der Heimschüler, später als Vorstand des Freundeskreises, nahm ich aktiv Gelegenheiten dazu wahr. Meine Heimat im Kleinsten hier darzustellen, dient dafür als Anschauungs-Angebot, örtlich, akustisch, optisch und in mehrfach tief empfundener Demut – leicht ironische und kritische Untertöne sind dabei nicht ausgespart.

Dass für Chor-Streben manches neu zu ordnen war, war für Ereiferer gegen die Ziele und Methodik des Erziehungswerks Windsbach ärgerlich, aber logisch. Beifall war für sie daher oft ‚endenwollend‘. Freilich war das Werk auf gutem Stein gebaut und hatte nicht nur einen mehr als hundert Jahre lang aufgebauten historischen Werte-Inhalt. Christlich geprägt waren die Grundsätze in der evangelisch-lutherischen Ausbildung auch eine Erziehung zu Persönlichkeit und Führungsfähigkeit, gleichwohl zu füglicher Unterordnung. Der Chorsänger Hermann von Loewenich wurde später Landesbischof der evangelisch-lutherischen Landeskirche. Und vorher war Dr. Hermann Dietzfelbinger, ebenfalls davor Schüler in Windsbach, Landesbischof, dazwischen Johannes Hanselmann. Wenn man heute auf Verdienste hinweist, sollte man beispielsweise Richter Lutz, den technischen Betriebsleiter von Werken des Bayer-Konzerns, Dr. Werner Ertel, und den Manager Georg Hollenbach, Stadtschüler und später bei Wacker-Chemie in Burghausen, nicht vergessen. Richter Peter Heckel und mehrere andere hatten bedeutungsreiche Funktionen inne. Unser geachteter Klassenkamerad, der spätere Arzt Dr. Helmut Mad, wurde bei seiner Beerdigung in München mit einer Ehrung des Deutschen Alpenvereins besonders hervorgehoben. Er hatte sich bei Einsätzen auch aus Hubschraubern für die Rettung von Menschen in Bergnot und von Unfallopfern oft auch nebenberuflich eingesetzt. Pfarrer Hans Luther hat sich in Südafrika engagiert, als die Apartheit zur Neige ging und Konflikte Unheil anrichteten. Aus dieser Klasse sind sieben Pfarrer, vier Ärzte, ein Apotheker, vier Juristen, ein Diplom-Landwirt, ein Diplom-Volkswirt und ein Diplom-Ingenieur hervorgegangen sowie ein Mitarbeiter beim Rundfunk, auch einige Studienräte; einer ging zum Finanzamt; Günter Schunk war Pfarrer in Kalbensteinberg und unterrichtete Religion am Gymnasium in Gunzenhausen. Karl Brichzin war Diplom-Ingenieur bei der Raumfahrt. Otto Seeber, früher ein guter Fußballer, wurde Kultur-Manager in Bremen.

Beruflich stieß ich auf erfolgreiche frühere Schüler vom Progymnasium Windsbach dann in Nürnberg mit Notar Dr. Grimm und Herrn Heidenreich, dem damaligen Syndikus des Fränkischen Überlandwerks, heute N-ERGIE, der auch Mitglied im „Windsbacher Freundeskreis e. V." wurde, sowie Dekan Sperl in Schweinfurt, einem früheren Schüler und Präfekten in Windsbach.

Karl-Friedrich Künzel, zwei Jahre jünger, war bis zu seiner Pensionierung Dekan in Bad Windsheim, heute ist er Beirat im Fränkischen Freilandmuseum; Gerhard Horneber war Leiter der Grund- und Hauptschule hier, Egon Pöllmann Leiter in Lichtenau und Klaus Pöllmann in Neuendettelsau. Hans-Martin Blank machte als Studienrat zunächst in Uffenheim, dann in

Kulmbach und Würzburg Karriere, in Pegnitz der gesuchte Arzt Dr. Hans Keller. Es gingen aus Windsbach nicht wenige Richter und Staatsanwälte hervor, auch Ingenieure und Forscher. Peschke als Optiker und Frieslich als bekannter Apotheker in Nürnberg, Michael Schanze als Schlagersänger. Dass Hans Geißendörfer, der Initiator und Filmemacher der TV-Serie „Die Lindenstraße", als Schüler ein Windsbacher gewesen war, wissen die wenigsten. Er lobt noch heute seine Zeit in Windsbach als seine wichtige Grundlage, gerade auch mit Hans Thamm.

Chorsänger des Windsbacher Knabenchors wurden Kulturschaffende wie Otto Seber in Bremen, Klaus Zorn beim Bayerischen Rundfunk, Manfred Schulz in Ingolstadt, Hans-Martin Blank in Würzburg. Martin Becker, Kunsterzieher in Eichstätt, stand kurz vor einer Berufung an die Kunstakademie in München, als er starb.

Andere erlangten hohe Anerkennung in neu gegründeten Chören wie Carus Quintett, Dufay Ensemble, Harmonia Vocalis, Vocanta, Viva Voce, Sonat Vox, Four Hire oder im Chor ‚Ehemaliger', dem Monte Soprano. In Wikipedia sind 28 frühere Windsbacher Chorsänger mit fortgesetzter Tätigkeit im Musikschaffen als bedeutende Persönlichkeiten genannt. Das Puppentheater KASPARI mit Markus Dorner in Windsbach und mit Bernd Lang – später im Nürnberger ‚Fantasie-Theater' – darf hier noch einmal angefügt werden.

Karrieren sind alles andere als selbstverständlich

Meine eigene Karriereleiter war dagegen in Höhen bemessen. Meine Filialniederlassung in Prag war ein Erfolg, weniger die in Chemnitz und Gera. Es gab da nicht einmal ein funktionales Grundbuch. Dennoch ereilten mich sicher nicht alltägliche Erfolge. Nach dem Abitur in München und meinem Volkswirtschafts-Examen in Nürnberg bestand ich die Aufnahmeprüfung in einem Industrie-Verband. Als mich der Hauptgeschäftsführer zum Bewerbungsgespräch lud, meinte er nur: „Bitte nehmen Sie hier Platz. Sonst können Sie sich hier nichts nehmen!" Später sagte er mir einmal, dass ich nicht bestanden hätte, hätte ich an dieser Stelle pikiert distanziert oder blasiert getan. Auch eine zu joviale und vermeintlich freundschaftliche Einlassung hätte nur zu einem mäßig freundlichen „Auf Wiedersehen" gereicht.

Aber ich war zu dieser Zeit schon von Erfolgen verwöhnt. In der Schulmannschaft des Theresien-Gymnasiums München – mit zwei Spielern der Jugend des FC Bayern München – spielte ich wie selbstverständlich mit. Bei einem Verein für Hockey und Turnen in München-Pasing war ich Übungsleiter neben Sport-Chef Fritz Gerstung (TuS Pasing-Obermenzing). Dann war ich in einem Hockey-Club, dem „Club am Marienberg" in Nürnberg, Torwart („weil du Fußball kannst"); dann spielte ich Fußball in der Hochschulmannschaft der WISO in Nürnberg. Im Studentensport wurde ich zum Referenten gewählt und vertrat die Hochschule im Allgemeinen Deutschen Hochschulsportverband mit Tagungen in mehreren Sportschulen. Da wurde ich zum Buchprüfer berufen und erhielt den Auftrag, in Nürnberg, wo kein Institut für Leibesübungen an der WISO war, die Deutschen Meisterschaften im Geräteturnen zu organisieren. Dass es trotz vieler Querschläge nicht alltäglicher Art – das ist eine ganz eigene Geschichte – gelungen ist, die Organisation der Uni-DM mit 179 Teilnehmern gut über die Geräte und Hallenböden zu bringen, mit Festveranstaltung und 330 Zuschauern samt Straßenbahner-Kapelle und geschmückter 1846-Halle zum Erfolg zu führen, lag an einigen wichtigen Leuten des Vereins und einigen mitwirkenden Studenten. Se. Magnifizenz Prof. Dr. Wilhelm Schoberth sagte, um das Schlusswort gebeten: „Wenn ich das meinen Studenten zumuten dürfte, würde ich diese Meisterschaften gerne nächstes Jahr wieder in Nürnberg sehen!". Dazu Walter Tröger, inzwischen Präsident des Nationalen Olympischen Komitees NOK, an seinem 85. Geburtstag: „Ich wusste, dass es Probleme geben würde, Ich wusste aber auch, dass Sie die lösen!" Da hatten wir unter anderem über die Feuerwehr die Polizei einschalten müssen, die dann den OB Dr. Urschlechter als den Schirmherrn einschalten ließ, damit unsere Teilnehmer, die in der Jugendherberge auf der Kaiserburg einquartiert waren, noch nach 22 Uhr Einlass finden konnten. Nur eines der Probleme.

Auslandspraktikum in einem französischen Stahlwerk in Douai bei Lille/Nordfrankreich.

Studentengruppe mit Sportmannschaften in Stockholm, hier die „Tennisler".

Auch während des Studiums wurde ich schon einmal Leiter einer Delegation zum Freundschaftstreffen mit den Studenten der Handelshögskolan Stockholm. Ein großartiger Empfang in einem hoch gelegenen Lokal unweit des Königspalastes machte mehr noch als die Treffen der Sportmannschaften klar, wie viel den Schweden daran gelegen war, die Tage der vorangegangenen Weltmeisterschaft mit dem wenig freundschaftlichen „HEYA, HEYA, HEYA" den Deutschen gegenüber auszubügeln. Unsere Handballer verloren hoch, unsere Tennisspieler gewannen, und wir Fußballer spielten unentschieden. Bei dieser Gelegenheit schoss ich mein einziges „internationales" Tor. Dem Reisezweck, ein friedlicheres Miteinander neu aufzubauen, wurde der Besuch nur im Prinzip gerecht. Denn einer unserer Tennisspieler spannte meinem Kollegen, dem Sportreferenten der Handelshögskolan (Wirtschaftshochschule) in Stockholm, seine Freundin aus, was dieser damals nicht für werbliche Zwecke nutzte. Albert Wendler heiratete diese junge Dame später und wurde im Unternehmen des Schwiegervaters Manager.

Dass ich mich zusätzlich in der Wasserwacht engagierte und in München sowohl den Leistungsschein darin als auch das Silberne Bayerische Leistungssportabzeichen gemacht habe, in München-

Der Hockey-Torwart in Aktion mit erfolgreicher Abwehr.

Pasing in die Junioren-Fußballmannschaft aufstieg, mit dem TuS München Obermenzing Hockey lernte und dort Übungsleiter wurde, war die gesuchte Anerkennung und Selbstbestätigung. Und die Freunde in einer Junioren-Fußballmannschaft des 1. FC Nürnberg mit Dieter Friedl, „Matsches" Matuska und Karl Stumptner, möchte

Als Mitglied einer Juniorenmannschaft des 1. FCN im Jahr 1958.

ich auch niemals missen. Freilich war man da auch schon anderweitig auf mich gestoßen.

Ferienbetreuung mit Sportanleitung Friedrich Frischeisen in München-Pasing/Obermenzing 1954.

Aber warum erwähne ich meine sportlichen Betätigungen so ausführlich? Einmal, weil es ein Freizeit-Thema war, dem Alternativen fast ganz fehlten. Zum anderen bedeutete es mir viel, in diese Mannschaften, die ich schätzte, mit Leistungsstreben aufgenommen zu werden, und dazu einen Beitrag zu leisten – auch für zwei Jahre beim TSV Windsbach. Außerdem bildete sich daraus auch die körperliche Fitness, die mir Ärzte als die alleinige Ursache dafür bestätigten, dass ich die schweren gesundheitlichen Schläge der letzten drei Jahre überhaupt überstehen konnte. Am allermeisten sehe ich im Sport meine Ersatz-Erfolge gegenüber mäßigen in der Schule. Für eine unverkrampfte Entwicklung brauchen Menschen eine zweite Erfolgserlebnis-Schiene, auf der sie im Bedarfsfall weiterkommen können. Mir jedenfalls hat der Sport dafür sehr viel genützt.

Fast kurios, dennoch Tatsache: Um mir wenigstens an den Wochenenden ein heißes Essen in einer Gaststätte leisten zu können, verdingte ich mich im Winter des Abiturjahres öfter stundenweise bei einem Kohlenhändler. Für ihn hatte ich die Zentnersäcke mit Steinkohle in die Keller von Mietshäusern zu schleppen, während er dorthin zu den Kunden fuhr. Das kalte Essen besorgte ich mir in einem größeren Lebensmittelkiosk, Platz für vier bis fünf Kunden vor der Theke, neben dem Lindenplatzl in Pasing, einer kleinen Parkanlage gegenüber dem Lokal gleichen Namens. Über dem Lokal lag mein Doppel-Studierzimmer, das ich zusammen mit einem Versicherungs-Lehrling bewohnte. Mit ihm spielte ich Fußball bei der TSG. Diesen Lebensmittelkiosk betrieb eine Rumänien-Deutsche mit ihrem Mann, einem Weißrussen. Der war nach seinen eigenen Angaben Ingenieur, war im Krieg auf der deutschen Seite Soldat gewesen, aber nach dem Krieg ein stets bemühter bekennender Kommunist mit guten Deutsch-Kenntnissen. Doch bewarb er sich immer vergeblich, weil er bei der Frage nach der Religion stets hinschrieb: „Kommunist". Dann nahm ihn keiner. Wir stritten öfter in heißen Debatten, aber freundschaftlichem Ton. Seine Ideen waren für mich ein rotes Tuch. Dazu kam, dass man in diesen Jahren 1955 bis 1956 ständig damit rechnen musste, dass der Ostblock mit seinen viel zu großen Massen an Soldaten und Waffen – merke: nach dem Krieg – nach Westdeutschland zum Einmarsch blies. Das war ein bedrängendes Gefühl und tatsächlich eigentlich nie vollkommen auszuschließen. Alle Menschen stellten sich auf einen solchen Fall ständig ein, ein durchaus lähmendes Gefühl.

Einmal fragte ich ihn: „Was werden Sie und die Russen mit mir machen bei meiner Einstellung und meinen Aussagen, wenn die

Russen mit Ihnen im Verbund hierherkommen?" Da lächelte der Herr Kiosk-Mitarbeiter nur gnädig: „Mit Ihnen nichts Schlimmes. Kommunisten haben wir genug, auch hier in München! Wir brauchen Leute wie Sie, die aufbauen können und das auch überzeugend umsetzen können!" Ich war völlig perplex. Hat dieser Mann das ernst gemeint? Offenbar. Und noch etwas: Dies belegt auch, dass man tatsächlich mit so einem Einmarsch gerechnet hat. Aber für mich bedeutete das viel mehr: Ich hatte von da an keine Scheu mehr vor einer freien offenen Aussage. Ich fühlte mich damit gefestigt, um eine Anerkennung reicher, und bestärkt in der Überzeugung, dass bei sauberer Argumentation und klarem Urteil eine starke Haltung angebracht ist.

Mit Ehrgeiz für die Zukunft

In Nürnberg-Eibach gab es den Herrn Diakon Schmidt, der in den Sommerferien im Kleinwalsertal jeweils zweimal drei Wochen einen Jugendurlaub organisierte, immer auch in Zusammenarbeit mit Firmen, um bei den Mitarbeitern für die Teilnahme von deren Jugend zu werben. Auf vier Häuser verteilt waren ältere und jüngere Mädchen und Buben so untergebracht, dass sie von je einem Studenten der Theologie und einem Animator mit Instrument betreut wurden. Mich hatte man bei den großen Buben im Alter von 12 bis 17 Jahren vorgesehen. Da waren neben anderen aus Nürnberg „Siemensianer" aus Regensburg und Fürth und auch aus Hamburg darunter. Ohne Instrument war mir der Haufen ständig an der Hand: Frühsport, dann tagsüber mit Ball oder mit geordnetem Gehen ins Riezlerner Freibad, öfter unter Pfeifen der River Kwai-Marsches – ständig war „was los". Im Freibad hatten wir öfter für zehn Minuten das Bad um den Sprungturm herum für uns alleine, als wir unmittelbar nacheinander ins Wasser sprangen, nie aufeinanderstießen, weil wir schon unter Wasser in die vorgegebenen Richtungen abschwammen. Das Spektakel mit hohen Wellen nach den Wasserbomben war gelitten und durfte wiederholt werden.

Bei einem Besuch des Gottesdienstes in der Kirche von Mittelberg traf ich meinen Windsbacher Studienrat Dr. Koch, mit dem ich mich damals versöhnt habe. Bei Bergwanderungen wie auf den Widderstein hörte man von schweren Unfällen. Das war nicht ohne, doch wurde es von uns gemeistert.

Als uns ein schwieriger Fall aus Uffenheim zugeteilt wurde und der nach zwei Tagen plötzlich nach dem Abendessen nicht mehr da war, rief ich Freiwillige auf, um mit mir in die Talschlucht zu schleichen, um in Waldhäuschen nach ihm zu suchen. Fast jeder meiner Buben wollte mit, doch musste ich einige enttäuschen, weil auch Umsicht und Kraft gefragt waren. Wir machten uns sofort auf den Weg und waren bald nahe an den Hütten, in denen wir den Buben vermuteten. Zwischen den Stauden und Farnen schlichen wir uns an – neben uns, etwas tiefer, der ständig wachsende Wasserschwall des Bergsturzbaches. Es regnete stärker und stärker. Schließlich hatten wir drei Hütten „erobert“, doch ohne Erfolg. Der Bub war – wie wir später erfuhren – längst per Anhalter nach Oberstdorf unterwegs und wurde in Kempten „eingefangen“. Meine Burschen waren erschöpft, aber stolz, weil sie eine besondere Aufgabe bestens erfüllt hatten.

Am Ende jedes dreiwöchigen Freizeit-Aufenthalts hatte ich für die Siemens-Buben Charakter-Beschreibungen mit maximal sechs Sätzen anzufertigen. Die Siemens-Dame aus Regensburg würdigte die Kurzberichte sehr: Ich wäre der geborene „Personaler“. Hat sich beruflich ja auch so ergeben. Jedenfalls hat sich so einiges angereichert statt eines eingleisigen Berufsweges.

Dann lud man mich ein, mit zwanzig anderen Studenten – eine Teilnehmerin oder ein Teilnehmer aus fast jeder westdeutschen Uni oder Hochschule – in einer offiziellen ersten Kontakt-Delegation nach dem Krieg in die Tschechoslowakei mitzufahren. Als mehrere Wochen später am Sammelpunkt Schirnding die Reise begann, hatten nur 18 Studierende eine Lizenz für die Einreise. Über Karlsbad direkt weiter bis Pressburg/Bratislawa, nach Brünn/Brno und dann nach Prag/Praha. Dort war die „Spartakiade“ organisiert, eine politische Massenveranstaltung mit etwas Sport. Wir wurden nach Lidice gefahren, einem grauenvollen Ort deutscher Untaten. Fairerweise zeigte man uns aber auch einen Film über Kollaborateure unter den Tschechen. Später, als Helmut Kohl dort als erster Bundekanzler begrüßt wurde, schrieb ich eine Abhandlung über unsere Reise: „40 Jahre vor dem Bundeskanzler". Das Wichtigste war die Diskussion mit der örtlichen Kommunistischen Parteiführung im Rathaus. Es ging um die Überlegenheit von Kommunismus oder freiheitlicher Wirtschaft mit Demokratie. Das war mein Part. Die Kommilitonen meinten, dass ich mich gut geschlagen hätte. Nicht nur mit Theorien.

Als die Inszenierung der Spartakiade in Prag stattfand, eine Art sportlich umrahmtes Polit-Treffen des gesamten Ostblocks bis nach China und die Mongolei, hat man auf dem Wenzelsplatz in Prag, wozu wir als Zuschauer gebeten wurden, in Zwölfer-Reihen die nationalen Vertretungen aufmarschieren lassen, dazwischen immer wieder Marschmusik aus all diesen Ländern. Natürlich wurden wir als Gruppe von einigen Leuten ‚unauffällig' verfolgt. Aber wir teilten uns in immer kleinere Grüppchen auf, sodass den Beschattern die Leute ausgingen. Irgendwann wurde mir das Spektakel zu viel und ich drehte mich zu den Geschäften hin. Dort lag ein Geschäft für Schmuck, Optik und Glaskunst. Aber bei den kleinen Flaggenzeichen am Eingang, wie üblich mit „Wir sprechen englisch, französisch usw.", hatte man für „deutsch" das DDR-Flaggenzeichen angebracht. Ich überlegte kurz und wagte es: „Gibt es hier jemanden, der deutsch spricht?" „Nein, doch, ja, dort am Schaufenster der Dekorateur: Vazlaw, kommen, für Dich".

Diesem guten Mann – „Bitteschön, Sie wünschen?" – trug ich vor: „Ich wollte nur sagen, dass ich nichts kaufen werde!" Der Mann war erst ganz perplex, aber schnell wieder gefasst: „Warum?" „Weil für die deutsche Sprache an der Tür das Flaggenzeichen der DDR hängt. Ich komme aber mit einer Gruppe aus Westdeutschland". „Deswegen kaufen Sie nichts?" „Ja, weil das für uns wie eine Spalterflagge für unser Land ist. Das bedienen wir nicht!"

Der Mann, Herr Cermak, der für alle Firmen dieser Branchen im tschechischen Teil der Tschechoslowakei die Schaufenster zu gestalten hatte, fasste sich langsam. „Würden Sie das in unser Beschwerdebuch schreiben, mit Ihrer ganzen Adresse in Deutschland?“. Ja, das machte ich. Und es stand da: Windsbach, Rother Straße 1. „Meinen Respekt! Darf ich Sie zu einem Bier in ein Lokal beim Hradschin, der Prager Burg einladen, heute Abend bei schönem Blick auf die Stadt mit meinem Freund Schirschi (Georg)?“ „Ich komme gerne“. Dort erzählte mir der Mann, etwa sechzig Jahre alt, dass er mit deutschen Freunden seine Jugend verbracht hatte. Aber als er sich kritisch zum Einmarsch der Deutschen geäußert hatte, war er schnell verhaftet worden und in drei KZs in Deutschland gewesen, bis er in Dachau von den US-Truppen befreit wurde. Seine regelmäßig erlittenen Prügel waren ihm ein großes Leid geblieben, hatten Hass erzeugt und böse Erinnerungen hinterlassen. Doch wir wurden Freunde. Später besuchte ich ihn (Ich hatte mit seiner Hilfe ein Visum bekommen) und noch einmal mit meiner jungen Frau. Wir trafen uns in einem bekannten großen Bierkeller mit seiner Freundin und Georg und seiner Frau. Vazlaw, strenges Mitglied der kommunistischen Partei, legte Wert auf die Feststellung, dass der Kommunismus dem Westen überlegen sei. „Zum Beispiel sind Reproduktionen von Dürer in Prag viel besser als in Dresden“. Da hielt es die Frau von Schirschi nicht mehr. Sie platzte heraus: „Was will ich mit Reproduktion von Dierer, wenn ich nicht habe Nagel zum Aufhängen?“. Ich gestattete mir, hellauf zu lachen. Vazlaw/Wenzel schaute belämmert. Als er uns zwei Jahre später in Nürnberg besuchte, erbat er als Mitbringsel nach Prag nur eines: So viele Bananen wir möglich. Die vier großen Plastik-Tüten voller Bananen zogen ihm die Arme fast aus dem Leib.

Aber wir müssen nicht so weit entfernt Spuren des Niedergangs und des Rückstands durch den Sozialismus suchen. Als in Berlin die Mauer fiel und ein großes Stück Deutschland aus den Händen dieses Systems zu fallen schien, fuhren Kolonnen von

DDR-Bürgern die Autobahn entlang und kamen mit dem an der Grenze nahe der Stadt Hof erhaltenen Begrüßungsgeld von 100 DM pro Person zuhauf in Nürnberg an. Ganz besonders an den Wochenenden war die Autobahn verstopft, erst recht die Einfahrt nach Nürnberg. Mit Hinweisschildern leitete man die Leute an den Volksfestplatz am Dutzendteich, wo „Für DDR-Bürger" Parkmöglichkeiten geschaffen waren. Wie eine Völkerwanderung schien die Schlange, die Lorenzer Straße vorbei, nicht enden zu wollen. Man wollte für sein Begrüßungsgeld für eine Fahrt mit der Straßenbahn nicht auch nur ansatzweise ‚verprassen', sondern was Besonderes kaufen. Die Leute sahen übermüdet aus und waren ohne Autoheizung in ihrem Trabi. Ende November, inzwischen war „Christkindlesmarkt", war man froh um etwas Wärmendes. Ein paarmal lud ich Leute einfach ein, in mein Büro heraufzukommen, um sich von meinen Damen Kaffee geben zu lassen. Doch den Dank dafür überstrahlte ein Erstaunen über die technische Ausstattung. Besonders das Fax hatte es ihnen angetan mit der Möglichkeit der Sofortübermittlung von Briefen. Heute bewältigen wir längst gemeinsam die Schwellen zur fortschreitenden Digitalisierung und schwierige weitere Anforderungen.

Als ich eines Freitagmittags im Wesentlichen mit meinen Aufgaben fertig war, wollte ich ein paar Leute zum Mittagessen einladen und ins Gespräch kommen. So lief ich zur Lorenzkirche und schaute mir die Leute an, die dafür infrage kämen. Ich sprach einen eher jüngeren Mann an: „Kommen Sie von der DDR?" Er darauf: „Sieht man uns das schon an, dass wir von drüben kommen?" „Nein, aber bei uns fotografiert niemand seine Frau, die er dazu vor einen großen Orangen-Stand hinstellt!". Er lachte laut und meinte: „Das glaubt uns zuhause niemand, was wir hier sehen, wenn wir es nicht mit Fotos unterlegen können!" Zur Zeit des Christkindlesmarktes stehen die meisten Buden des Hauptmarktes auf dem Platz vor der Lorenzkirche oder dort in der Nähe.

Wir aßen zusammen, sprachen eine Weile miteinander und mussten dann zusammen eine Übernachtungsmöglichkeit suchen. Dazu wies ich meine Leute an, alles zu lassen und nur telefonisch suchen zu helfen. Um 18 Uhr meldete sich das Ehepaar und freute sich, eine Gelegenheit zum Schlafen mit vielen anderen in der Sporthalle von 1860 Fürth gefunden zu haben. Ein Jahr danach besuchte ich die angenehmen Leute in Hainichen, wo sie in einer großen Käserei – eine ähnlich wie diese in Windsbach – arbeiteten. Man wollte so schnell Anschluss an den Lebensstandard im Westen erreichen und dafür auch die Leistung bringen.

Als ich viel früher in meiner Position in einem Unternehmen der Elektronikbranche als Assistent des Personalleiters mit der Leitung der kaufmännischen Ausbildung keinen Aufstieg mehr sah, obwohl ich bereits nebenberuflich an einer staatlichen Fachschule unterrichten sollte, wechselte ich an eine Immobilien-Firma in Nürnberg, wo ich mit 32 Jahren bereits Prokurist wurde. Mein Fehler war danach der Einstieg in eine Firma der Bekleidungsbranche, die ich kaufen konnte. Ich wollte eine Firma im Niedergang neu wieder hochreißen. Doch einen Felsen kann man nicht pflügen. Accessoires und Hüte trafen auf die beginnende Mini-Mode, Pelze und Pelzmützen auf Tierpelz-Feindschaft ganz allgemein. Trotz einer Verdoppelung des Jahresumsatzes mit mir im Außendienst war ein Schließen dieser Firma besser.

So baute ich Zug um Zug und mit manchem Unvorhersehbarem die jetzige Existenz als Projektentwickler und Gewerbemakler auf, bald auch mit Niederlassungen in Prag, Chemnitz und Gera. Obwohl ich mit meinen Leuten besonders in Prag erfolgreich war, konnten Strukturmängel, bis hin zu fehlenden Grundbüchern, in Sachsen und Thüringen den Aufschwung nicht mittragen. So restrukturierte ich und machte als Einzelkämpfer weiter. Bald ging es neu aufwärts, so dass nun auch anerkennende Erfolge die Runde machten und hohe Referenzen eingingen.

„Lust auf Leistung“ war zudem schon mein Motto, als ich nebenberuflich an der Hochschule Ansbach und an der International Business School Nürnberg mit gutem Erfolg eine „Befähigungsbescheinigung“ für eine Bewerbung an einer New Yorker Universität im DAAD-Programm erhielt. Eigentlich könnte ich zufrieden sein. Aber ich bleibe am Ball. Nicht als Trainer einer Jugendmannschaft wie sechs Jahre lang beim CLUB in Nürnberg, nicht als Vereinsvorsitzender in Windsbach, auch nicht als Politiker in einer Kommune. Aber als Unterstützer mancher Anliegen und im Bereich meiner Fähigkeiten.

Zu erwähnen ist gleichzeitig insbesondere mein Bemühen als Vorsitzender des Freundeskreises e.V. um mehr Gemeinsames zwischen dem Erziehungswerk Windsbach und der Stadtbevölkerung. Ich warb um Mitglieder aus meinen Schuljahrgängen, aber die Zahl wuchs nur mäßig. Ich wollte Prominente zur Unterstützung des Chorse werben – Fehlanzeige. Oder man war schon im Förderkreis. Mit dem empfohlenen Büchlein eines Unternehmers aus Neustadt/Aisch hatte ich indirekt Erfolg. Unser Lehrer in Physik, Adolf Zellfelder, hat dafür gesorgt, dass mehrere Abiturjahrgänge das Büchlein vom Gymnasium zur Abi-Feier überreicht bekommen haben: „Und immer Ärger mit der Energie“ (Dr. Nahr).

Mir war es vergönnt, einige Dinge auf mehreren Gebieten – heimatkundlich, heimatforscherisch, wirtschaftspolitisch und wirtschaftsphilosophisch – in literarischer Form aufzubereiten und den Studenten aus sieben Nationen zur Nutzung vorzulegen.

Nicht vergessen wollte ich dazu die organisierte Vortragsreihe des benannten „Windsbacher Forums“, beginnend mit einem Vortrag von Präsident Joseph Stingl von der Bundesanstalt für Arbeit, heute Bundesagentur, zur aktuellen Arbeitsmarktlage zum Zeitpunkt der Energiekrise 1973. Es folgten der Präsident des

Bundesverbandes Selbständiger Unternehmer, Herr Herion, der Oberbürgermeister von Erlangen, Herr Dr. Hahlweg, ein Ministerialdirigent des Kultusministeriums, Dekan Sperl aus Schweinfurt für die Landeskirche, ein Sparten-Chefredakteur des Bayerischen Rundfunks zur Sozialpolitik, einige andere mehr und ich mit dem Thema: „Radikale im Öffentlichen Dienst". Nach zwölf Referenten beendete ich die Reihe.

Ich engagierte mich bei der IHK in Nürnberg und als Pressesprecher Nordbayern für den Bundesverband Junger Unternehmer von 1972 bis 1975. Da gab es Missverständnisse auszuräumen, die in den Medien verbreitet wurden, was ich – wie anders? – kämpferisch anpackte.

Solches Engagement wurde für Windsbach besonders gewürdigt von dem Leiter des Studienheims, Herrn Pfarrer Friedrich Gagsteiger, vorher Gemeindepfarrer aus der Nähe von Uffenheim, nach Windsbach berufen, für Windsbach freigestellt. Bei meiner zweiten Wiederwahl für den Vorsitz des Freundeskreises sagte er zu mir: „Wenn Sie sich wieder zur Wahl stellen, mach ich auch weiter". Da bleib es nicht aus, dass man bei der Einweihung eines Neubaus schon einmal neben Prominenten zu stehen kommt.

So beim Neubau des Chorsaales neben Herrn Direktor Arold von den Vereinigten Sparkassen. Als neben den anderen Rednern der Pfarrer das Vaterunser betete, und ich neben Herrn Direktor Arold hörte, wie der mit verschnupfter Nase betende Pfarrer sagte „und vergib uns unsere Schuld" und es im Gebet so klang wie „unsere Schuld'n", flüsterte ich zu Herrn Sparkassen-Chef Arold: „Homs des ghört, Herr Direktor?" Er sogleich kleinlaut in reinstem Ansbacherisch: „Des wär' schlecht fier miiich!".

Auch im Bereich hinter dem Hauptgebäude, hinter dem ‚Kasten', hat sich bezeugt eine Geschichte abgespielt, die aufzeigt, dass neben echtem Können auch ein klein wenig mehr Weitblick nötig wäre und sicher auch dem besten Könner eine Prise Glück hold sein muss. Nur lässt sich Glück im Gegensatz zu Holz nicht berechnen. Der tüchtige Hausschreiner im Pfarrwaisenhaus, Herr Edelmann, hatte wohl im Auftrag einen schönen großen Schrank für einen bedeutsamen Zweck im Haupthaus gebaut. Sicher hat er sein fertiges Werk den hohen Herren vorgestellt und da viel Lob eingeheimst. Doch dieser Schrank kam so nie im Haupthaus an. Als man das gelungene Stück zum Kasten hinüberschaffen wollte, kam es schon mal nicht aus der Werkstatt hinaus; es war für die Tür aus der Werkstatt zu groß gebaut. Wie man es auch drehte und wendete, es half alles nichts: Der Schrank musste wieder zerlegt und in Teilen statt im Triumph zum Haupthaus verbracht werden. Man versuchte, es geheim zu halten, doch das gelang nicht. Welche Schlüsse die Zöglinge dann daraus zogen, weiß ich leider nicht.

Aber es gab auch die Musik- und Gesangslehrer, die mit den jungen Buschen erfolgreich gearbeitet und sicher der Kultur viel Nachwuchs beschert haben. Nichts kommt von allein, und von nichts kommt nichts.

„Dazwischen“ auch mit Misserfolgen

Nun habe ich mich in Windsbach auf Drängen von Freunden später wieder „dazwischen“ gestellt. Kommunalpolitisch setzte es nur Niederlagen. Immerhin durfte ich mitwirken bei der Planung der Stadtteilsiedlung der „Karlsbader Straße“, der Märkte an der Rother Straße, der neuen Kläranlage bei Elpersdorf, der Stadtbücherei mit Kindergarten sowie einem nicht realisierten Bebauungsplan für das Gelände zwischen Retzendorf und der Siedlung „Mozartstraße“.

In Windsbach wurde Gas eingeführt und die Leitungen verlegt. Als zur Einweihung beim Gasthof Dorschner geladen wurde, traf ich einen alten Studienfreund wieder, der inzwischen Chef bei N-ERGIE geworden war. Mit ihm bestritt ich – er in seinem letzten Semester, ich im ersten – ein Fußballspiel gegen die Mannschaft der UNI Würzburg. Wir erkannten uns, sprachen uns aber geziemend per „Sie“ an. Alle Stadtratsmitglieder waren mit etlichen anderen im Zuge der offiziellen Feier zu einem Festmahl eingeladen. Der Saal war gut gefüllt. Zu Wolfgang Buechler sagte ich: „Wolfgang, wir gehen jetzt zum Vorstandsvorsitzenden und bedanken uns extra“. Wolfgang Buechler ging mit an den Tisch dort. „Herr Dr. Roithmeier, wir bedanken uns für die Einladung, besonders für dieses sehr gute Essen. Wann kommt das nächste Gas?“ Der gute Mann versuchte dreimal, Luft für eine Antwort zu finden, beließ es dann aber bei einem freundschaftlichen Lächeln.

Es kam die Idee auf, der Stadtrat könnte doch eine gemeinsame Fahrt unternehmen, um sich einmal in Ruhe und gelöst zu unterhalten. Grundsätzliche Zustimmung. Einen Vorschlag sollte ich ausarbeiten. Es wurde eine gemeinsame Busfahrt zur Burg Frankenberg bei Weigenheim geplant und organisiert. Als der Tag heranrückte, waren zwei Fraktionen nicht mehr bereit, mitzumachen. Man hatte sich total verhakt. Da der Burgherr Baron von Lerchenfeld aber unseren Besuch neben dem einer anderen Gruppe festgelegt hatte, fuhren wir vier Mitglieder des Bürgerblocks dorthin – ohne die anderen. Weil wir nur vier waren, die andere Gruppe aber über vierzig Besucher, durften wir uns dieser gleich anschließen. Doch dann kam es zu einer peinlichen Situation: Der Heimatverein Burgthann hatte ein Buch über die Geschichte von Burgthann dabei und eine Kopie der bisherigen Dokumentation der vom Heimatverein aufgenommenen Sanierung der historischen Burg.

Heinz Puschmann: „Frieder, hast Du kein Buch von Dir dabei?"

Helmut Ruttmann: „Du könntest doch noch was im Kofferraum haben!"

Wolfgang Buechler: „Aber 400 Meter zurück zum Parkplatz wird ja sowieso nix mehr!"

Heinz Puschmann: „Du musst trotzdem hinunter und schauen, wir können doch nicht ohne etwas zu ihm hin und uns dort vorstellen mit Dankeschön ohne Geschenk".

Doch, wir konnten: Mit eingezogenen Köpfen gingen meine Mitstreiter unter Aufbietung alles verbliebenen Mutes zu der inzwischen alleine dastehenden Persönlichkeit.

„Baron, wir sind der kleine Teil ‚Bürgerblock' des Stadtrates Windsbach. Die Schwarzen und die Roten haben sich so in den Haaren, dass sie die Teilnahme abgesagt haben. Aber als Geschenk für Sie haben wir außer uns selber nichts dabei". Baron von Lerchenfeld lächelte freundlich: „Das ist doch auch so in Ordnung". „Allerdings sage ich Ihnen die Zusendung meines Buches zu, das Historie in vielen Facetten behandelt: ‚Torbauten in Mittelfranken'."

Baron von Lerchenfeld: „Das ist aber schön. Und dafür bedanke ich mich gleich schon heute". Befreiendes Lachen allerseits löste die Anspannung.

Was man als Mitglied des Stadtrats alles erlebt, ist schon eine extra Geschichte. Einen besonderen Tag möchte ich nicht für mich behalten. Zur Feier des 100-jährigen Bestehens der Lokalbahn Wicklesgreuth–Windsbach war eine große Feier angesagt. Alle möglichen Honoratioren wie Stadt- und Gemeinderäte von Wicklesgreuth, Petersaurach, Neuendettelsau und Windsbach, Schulleiter, Raiffeisenbank- und Sparkassendirektoren, Instituts- und Vereinsvorstände sowie Prominenz vom Landkreis und der Regierung von Mittelfranken, Bundebahndirektion und altgedienten ‚Bahnern' wurde mit Bussen (!) nach Wicklesgreuth zusammengeholt, um dort die Reden der Bahndirektion und weiterer Prominenz über sich ergehen zu lassen. Dann überstieg man oder ‚unterwanderte' die Bahngleise zu einem Sonderzug altgedienter Modell-Art nach Windsbach. Eine schöne alte Dampflok baute Dampfdruck auf, um uns nach Petersaurach zu fahren, dann nach Neuendettelsau und schließlich weiter nach Windsbach, wo man ein großes Festzelt aufgebaut hatte. Die Ehrengäste konnten vor dem großen Essen und Trinken noch eine Ausstellung in der Raiffeisenbank Windsbach zur Bahngeschichte mit alten Fotos und Bildern bewundern. Aber der Reihe nach:

Die Einfahrt am Bahnhof Petersaurach verlief programmgemäß zünftig mit dem Begrüßungsmarsch einer größeren Blaskapelle. Alle Gäste durften oder mussten aussteigen, um geziemend von der Ortsprominenz begrüßt zu werden. Presse und Private schossen Fotos. Die Lok schnaubte noch mit viel Getöse, die Ventile ließen hörbar Dampf ab. Doch die Lautstärke der Blasinstrumente obsiegte. Und dann fügte man, offenbar ausgesucht zur Jahreszeit im Frühling, ein harmonisches Musikstück an. Ich fragte lachend Klaus Pöllmann: „Dürfen die das? Haben die sich das überlegt gehabt?" Man intonierte nämlich zu unserer Begrüßung: „Alle Vögel sind schon da!" Zum Glück hat kein Chor das Lied gesungen. Als es nach 25 Minuten weiterging und die Lok mit Volldampf wieder ernst machte, war schon mal zu hören: „Ist der Zug schon immer so langsam gefahren?" Nun gut, man war inzwischen schon mal mit 200 km/h die Autobahn entlang gebrettert.

In Neuendettelsau hatte man sehr große Girlanden aufgehängt, die so aussahen wie früher bei einem Empfang des Bayerischen Königs. Und die Marschmusik machte mit großem Klangkörper Eindruck. Auch da gab es ein zweites Musikstück und Reden. Dann ab zur letzten Teilstrecke. Aber am Haltepunkt Wernsbach wurde tatsächlich mit der ganzen Gesellschaft an Bord nochmals angehalten, weil sich zwei Menschen den Jux erlaubten, sich der Gästeschar anschließen zu wollen. In Windsbach wurde ebenfalls zum Empfang Marschmusik aufgeboten. Aber die Musiker und die meisten Fahrgäste zogen schnell auf die Bänke im Zelt. Dort harrte man der kulinarisch bestens genießbaren Dinge, die da kommen sollten – und auch kamen.

Initiative braucht engagierte Unterstützung

Seit den 90er-Jahren sammelte insbesondere unser Karl Lechner, inzwischen längst Vorsitzender des Windsbacher Heimatvereins e. V., an Eifer nicht zu übertreffen, zusammen mit seiner emsigen Frau Christa wunderbare, fast in Vergessenheit geratene Brauchtums-Relikte. Manche Teile durfte er auf seinen Postgängen auch auf alten Dachböden suchen und finden.

Es entstand nicht nur eine Sammlung, sondern auch ein wechselndes Museum mit Stücken und Blättern zum „Patendank". Gerahmte Dankspruche von Patenkindern an ihre Paten, Bücher, Sträuße, Zeichnungen, Fotos und andere gegenständliche erhaltenswerte Erinnerungsstücke. Fast regelmäßig zeigt der Heimatverein diese Ausstellung oder einen Themenbereich daraus zu den Markttagen in Windsbach. Und dazu zählt auch die von uns im Heimatverein gefundene und belegte Gewissheit, dass der kleine Hans des Liedes „Hänschen klein, ging allein, in die weite Welt hinein …" ein Konfirmand war. Schulschluss war damals an Ostern, wenn auch die Konfirmation war. Von da an trat für gewöhnlich der junge Mann eine Lehre an, meist auswärts, und musste deshalb das Elternhaus verlassen. Das rührte oft zu Tränen. Aber Heimweh kannten auch Schüler des Heims in Windsbach. Letztlich sicher waren wir mit der These aber nicht, bis wir erstmals ein Bild oder eine Zeichnung dazu in den Händen hatten, als die Belege für Stock und Hut als Konfirmationsgeschenk für den Knaben bei uns eintrafen oder in Texten auf Dokumenten erschienen. Schließlich waren 14-Jährige keine kleinen Kinder mehr, wurden damals aber so behandelt. Siehe dazu die Komödie: „Schweig, Bub!" von Fitzgerald Kusz.

Unvergessen bleiben die Sonnwendfeiern, die wir ein paar Jahre auf dem Galgenberg feiern durften, bis uns eine Baumschule den Platz wegnahm. Die Idee wurde geboren, zum Sammeln von Altholz und Restholz aufgerufen, dürre Äste und Zweige gesammelt und drei Tage lang zum Trocknen an einem dafür ausgesuchten Ort aufgehäuft. Zur Sonnwendfeier wurde öffentlich eingeladen, die Feuerwehr mit Norbert Gassner in Bereitschaft gehalten, Gefahren besprochen und abgeklärt und auf den Abend der Sonnenwende gewartet. Dann strömten gut fünf Dutzend Leute den Galgenberg hinauf, etwa dreißig Meter von der historischen Richtstätte entfernt, für die es noch heute ein 25 Quadratmeter großes, eigens abgemarktes Grundstück gibt. Die Anhäufung des Brennmaterials war vollendet, die ankommenden Gäste wurden begrüßt. Der gemischte Chor des Gesangvereins 1837 Windsbach e.V. mit dem Vorsitzenden, meinem Freund Helmut Ruttmann, nahm Aufstellung, und der Vorsitzende des Heimatvereins sammelte sich für seine kurze Ansprache.

Alle genossen den Blick auf die Stadt mit den nun erleuchteten Punkten in der beginnenden Dämmerung. Und es wurde kälter. Da hub der Vorstand seine Ansprache an, begrüßte und erinnerte an den lange verschüttet gewesenen Brauch und gab die Order: „Flamme empor!“ Das prasselte und rauschte, krachte im Feuer, das immer höher loderte. Man konnte es sicher von erhöhten Plätzen in der Stadt sehen, auf jeden Fall von der Siedlung an der Jahnstraße aus, am Petersberg und zwischen Kidrontal und Heilsbronner Straße. Es war erhebend. Und das Gefühl überwältigte auch harte Knochen, als der Chor seine Lieder anstimmte und sang: „Kein schöner Land in dieser Zeit“. Da sangen spontan gleich viele Besucher mit. Als nach zwei Stunden das Feuer immer kleiner wurde und die Kälte immer größer, zogen die Besucher hinunter vom Berg in die Stadt nach Hause. Zwei Mann mussten bleiben, bis die Glut weit nach Mitternacht erloschen war. Man hörte später nur Gutes von dem schönen Erlebnis dieses Abends, den wir drei- oder viermal veranstalteten. Allerdings einmal auch mit Vorwache. Ja, Vorwache. Wir hatten Wind davon bekommen, dass sich Leute ausgedacht hatten, unser Brennmaterial in der Nacht vor dem Tag der Sonnenwende anzuzünden, sodass wir dann vor einem Aschenhaufen stehen würden. Da man so spontan keine Leute bekommen konnte, stellte ich mich selbst bis zwei Uhr nachts oben hin und wachte. Es tat sich gar nichts. Aber die Heiserkeit verkürzte meine Rede am nächsten Abend – sehr zum Vorteil der zum Galgenberg heraufgekommenen Besucher.

Bekanntschaften aus solchen Begegnungen brachten teils interessante neue Kontakte, auch manche Empfehlung, zum Beispiel für Leihgaben zum Windsbacher Patendankmuseum. So hatte man damals angeboten, die Sammlung der Kirchengesangbücher nach Windsbach zu geben, wenn Sicherungsbedingungen gegeben wären. Mein Geschäftsführer in Prag brachte bei seinem Besuch in Windsbach aus einem Prager Antiquitätengeschäft die kleinste auffindbare Bibel in deutscher Sprache für den Heimatverein mit.

Sonder-Laufbahnen brauchen kein Abitur

Aus unserer Klasse am Gymnasium waren Gustav Sandtner und Matthias Strob früher als zum Abitur ausgestiegen. Der Matthes ging zur BAYWA, wo er später in Schwabach die Führung übernahm. Der Gustl war von Anfang an eine Besonderheit. Als Flüchtlingsbub zuerst in Wolfsau untergekommen, hatte die Familie bald beim Oberen Gassner eine Stadtwohnung gefunden. Er engagierte sich im Sport und kümmerte sich um allgemein interessierende Dinge in der Stadt. Von der Anmeldung zur Aufnahmeprüfung fürs Gymnasium hatte er nichts mitbekommen. Als er aber den Matthes mit dem Egon Pöllmann zügigen Schrittes in Richtung Oberes Tor streben sah, fragte, „Wohin denn so forschen Schrittes?", und zur Antwort bekam „zur Aufnahmeprüfung!", da schloss er sich einfach an, ohne seiner Mutter Bescheid zu sagen: „Da geh' ich mit!" Studienrat Dr. Otto Mebs staunte nicht schlecht, akzeptierte aber die spontane Anmeldung. Gustav bestand wie wir anderen Prüflinge und die Mädchen Helga Zwingel, Elisabeth Koreis, Hannelore Mierczwa und Marlene Bauer aus Hergersbach, dazu Siglinde Boas aus Neuendettelsau mit Günter Raum, Friedl Köhn, Wolfram Braun und Manfred Daub. Mutter und Vater Sandtner erfuhren – ohne Ahnung davon gehabt zu haben – gleich das „Bestanden" der Prüfung. Gustav begann nach der vierten Klasse eine Lehre in der Verwaltung im Rathaus und schied als Mitglied des Vorstands der Vereinigten Sparkassen Heilsbronn-Windsbach-Neuendettelsau ins Pensionsalter.

Eine gute Chance für mich, Sportlehrer zu werden, habe ich in München verstreichen lassen. Unser Sportlehrer, Herr Speth, selbst bei uns für die ministerielle Aufgabe als Seminarleiter für Sportlehrer eingesetzt, hatte mir in der Sportschule Grünwald schon die Türen geöffnet, bevor ich mich zur Aufnahmeprüfung angemeldet hatte – was nie geschah. Er sagte einmal im Sportunterricht vor den Seminaristen: „Ja in welchen Sportarten ist denn der noch alles zuhause!“ Da war ich gerade mitten im Leistungsschein der Wasserwacht, die Grundlagen dafür hatte ich im Windsbacher Strandbad geholt. Aber zu gerne wollte ich Selbständiger werden und selbst etwas unternehmen.

Mit Umweg auf die Zielgerade

Apropos München: Die Klasse am Theresien-Gymnasium hatte eine andere Zusammensetzung an Schülern. An manchen schönen Dingen konnte ich nicht teilnehmen wie zum Beispiel an Theaterbesuchen. Weil ich aber schon im Turn- und Sportverein TuS Pasing-Obermenzing als Übungsleiter mitmachte, hatte ich eine gute Ausrede für meine Nichtteilnahme an teuren Veranstaltungen, für die ich auch nicht die passende Kleidung hatte.

Eine Begebenheit scheint mir erwähnenswert. Als wenige Wochen vor dem Abitur die letzte und sehr schwere Mathe-Schulaufgabe geschrieben war, saßen wir ziemlich matt und ‚kaputt' in den Bänken. Die Frühjahrssonne versuchte durch die Schulfenster zu versöhnen. Doch da war inzwischen der Schulleiter, OStD Rupprecht, zur Griechisch-Stunde angetreten. Und dieses Fach war auch Abiturfach. Der Mann, mit einem Arm aus dem Krieg zurückgekommen, bemerkte unser wenig interessiertes Mitarbeiten, lehnte sich dann an das Pult, das Heft mit Platon in der noch vorhandenen Hand, und wartete ab. Als der letzte in der Klasse das bemerkt hatte und zu ihm aufschaute, holte er Luft: „Meine Herren" – Mädchen hatten wir in der Klasse nicht – „Sie dösen hier der Reife entgegen wie ein Camembert!" Ein schallendes Lachen riss uns ruckartig aus der relativen Lethargie und sorgte sofort zum wieder hellwachen Mitmachen in Altgriechisch.

Dass man mit diesem Stoff auch etwas anfangen kann, nicht nur beruflich in vielfältiger Weise und besonders in manchen Branchen, erlebte ich viele Jahre später auf einer Reise in die Türkei: Nicht sehr weit von der Stelle des Flusses Saleph, in dem Kaiser Friedrich I. „Barbarossa" anlässlich eines Kreuzzugs nach Jerusalem ertrunken sein soll, steht eine herrliche Theater-Anlage der Griechen in ihrer damaligen Provinz Asia, also Kleinasien, wie sie auch als Ruine eines Amphitheaters neben der heutigen Stadt Side besser kaum erhalten sein konnte. Mehrere Busladungen von Touristen ergossen sich über die Anlage, die vor einer großen Bühne mit vielen Säulen im steilen Halbrund bis zu 15.000 Menschen Platz geboten hatte. Einige Personen erklommen die Bühne mit den Säulen, mehrere Gruppen verteilten sich im weiten Halbrund der Zuschauerränge, während ich mich ganz hinauf in die letzte Reihe mühte. Ich wollte den Eindruck der Theaterbesucher des Altertums nachempfinden. Doch es kam anders.

Ein Mitfahrer unserer Gruppe, Berufsschullehrer aus München, gebürtig aus Neustadt an der Aisch, stellte sich vorne am Bühnenrand auf. Alle sahen, dass er wohl etwas sagen wollte. Fast alle Touristen schwiegen und warteten. Da nahm er ein Heftchen in die Hand und trug mit lauter Stimme vor, was die sagenhaft gute Akustik dieser Anlagen bestätigte. Sein Text, altgriechisch vorgetragen, begann so: „Ennepe, Musa, polytropon hoss mala polla …“ (nach Lauten geschrieben). Er las drei weitere Zeilen vor. Ich dachte: „Das kenne ich doch. Schön, das einmal an historischer Stätte zu hören“. Dann stoppte der Mann am prominenten Bühnenplatz und fragte in das weite Auditorium: „Was ist das?“ Ich dachte: „Doll, das kenne und weiß ich“, holte tief Luft und rief mit sehr lauter getragener Stimme von ganz oben Richtung Bühne: „Die Ilias von Homee e e r!“ Alle Gruppen schauten plötzlich staunend zu mir herauf. Und der Sprecher der Verse klatschte mir deutlich Beifall. Na bitte, einmal anders herum! Es darf wohl als ganz gesichert gelten, dass im gesamten kulturellen Altertum, auch seitdem nicht, wirklich niemals ein Bühnen-Akteur einem Besucher in der letzten Reihe der Zuschauerränge Beifall geklatscht hat. Aber an diesem Tag erlebten die Leute das. Die Odyssee hat halt ihren Reiz nie verloren.

Mein Lehrer für Latein im ThG München, Herr Dr. Joseph Zehetmaier, Vater eines dritten Bürgermeisters der Stadt, hatte mich gut in Erinnerung. Nicht weil ich so gut in Latein gewesen wäre, sondern weil ich immer so frei geredet hatte, wie man das im München der gewohnten Attitüden einer Unterordnung unter hoheitliche „Eliten“ so meist gar nicht pflegte. Immer wieder hat er uns Schüler ermahnt, doch zielstrebiger und tiefer zu „ackern“. Er war selber sehr diszipliniert gewesen und trotz seiner nicht zu großen Person im Kugelstoßen einmal Bayerischer Meister geworden. Im Unterricht hörte man öfter seinen Seufzer: „Das geht aber heute wieder zäääh“. Außerdem war er ein Meister exakter Übersetzungen beziehungsweise Übertragungen ins Deutsche bei mehreren Möglichkeiten der Wortverwendung. Er schien mir auch prädestiniert, meinen Text für das Buch „Torbauten in Mittelfranken“ aus der Sicht eines Münchners vor der Drucklegung zu lesen. Zu diesem Zweck durfte ich ihn in seinem Heim aufsuchen. Zwei, drei oder vier Hinweise gab er mir schriftlich, die ich gern im Text berücksichtigte. Auch mit dem fertigen Buch kam ich zu ihm nach Hause, worüber er sich sehr freute und das Buch später lobte. Als er 102 Jahre alt wurde, durfte ich ihn am Telefon noch gratulieren, nachdem ihm mein Name genannt worden war. Seine Tochter war Ärztin, die ihn damals schon seit dem hundertsten Geburtstag betreute.

Dennoch: Als der Buchtext dem Verlagsleiter im Ganzen vor der Drucklegung klar war, sprach er mich bei einem meiner Besuche in München darauf an und meinte, dass ich doch etwas sehr fränkisch Betonendes eingeflochten hätte. Ob ich nicht besser davon etwas streichen wollte. „Dann streichen Sie gleich meinen Verlagsvertrag!“ Es blieb beim eingereichten Text, Verkaufsrisiko bei mir. Am Ende waren 5.000 Stück verkauft.

Zurück auf unseren Hauptweg

Die heutige Kernstadt des Stadtgebietes Windsbach, die historisch reichhaltig besetzte Altstadt, ist noch heute mit einigen Resten seiner mittelalterlichen Wehranlage mit den Stadttoren (um 1732 erneuert) und Resten seiner Stadtmauer bestückt. Solche waren nicht einfach aufzurichten, sondern waren vom jeweiligen Landesherrn erlaubt worden und mit Pflichten verknüpft gewesen. Dabei wurden sie nicht nur zu Baudenkmälern, sondern auch zu Rechtsdenkmälern. Denn die „Stadtrechte" sind gemäß Forschung („Torbauten in Mittelfranken", Hugendubel-Verlag 1989) bedingt erteilt worden, waren also widerruflich, und damit untrennbar verbunden mit der Pflicht einer Bürgerschaft zum Bau von Wehranlagen. Daher gab es auch Zurückstufungen, wenn die Plichten nicht mehr erfüllt werden konnten (deutlich zu Lenkersheim, heute Ortsteil von Bad Windsheim). Ornbau hatte sich zu viel herausgenommen und musste sogar gebaute Mauern wieder abtragen. Mauerhöhen und -stärken setzten Maßstäbe.

In Windsbach waren beliebte Wege die ‚Gängli' um die Altstadt. Deren Namen waren keine offiziellen Straßennamen, sondern lehnten sich an die Namen bekannter Leute an, die dort Eigentum hatten. Das „Stadelmans Gängla" von der Hauptstraße am Oberen Tor bis zur Bahnhofstraße, anschließend von dort bis zum Bayrisch-Hof-Wagner das „Steinbauers Gängla". Die Häuser-Agglomeration „Bayrisch Hof" erinnerte an ein früheres hotelähnliches Gasthaus an der Ansbacher Straße. An der Ostseite, ebenfalls am historischen Stadtwallgraben entlang, gibt es auch heute noch das „Hubers Gängla". Wenn kein Feind lauerte, besaßen diese ‚Gängli' den Ruf schöner Begegnungen, meist zu zweit. Doch mich reizte immer der Foto-Blick von dort zu den Idyllen. Vom Osten her zu den Türmen der Stadtpfarrkirche St. Margareten und zum Turm der historischen Amtsburg mit dem heutigen Stadtturm. Dass der Kirchplatz mit den nacheinander folgenden Kirchen darauf ebenfalls eine befestigte Anlage, nämlich eine Kirchenburg war, fällt dem Kundigen sofort ins Auge, wenn er sieht, dass neben der einzigen befahrbaren Zufahrt nur noch ‚Wegli' und Treppen nach außen und unten führten. Ob daher das erstmals mit Windsbach verbundene „Oppidum" als befestigter Ort zuerst die Amtsburg oder die Kirchenburg oder sogar beide gemeint waren, lässt sich heute nicht mehr sagen. Aber der Palas der Amtsburg mit Gerichtsraum und Wohnung besteht in Außenwänden und Mauern heute noch, nur kaum entkernt.

Die erstmals 1130 urkundlich erwähnte Siedlung wurde bald befestigter Platz, offenbar als Gerichtsort und Verwaltungssitz an wichtiger Strecke bedeutsam, jedenfalls in den folgenden Jahrzehnten öfter urkundlich genannt. Mit der Erwähnung der Siedlung als Stadt 1278 begann auch die Landeshoheit der Burggrafen von Nürnberg, der späteren Markgrafen von Ansbach-Bayreuth.

Der Dichter Winsbeke gilt als Ritter und Amtsherr, er versuchte, auch seinen Sohn zum Rittertum zu bringen. Der aber wollte zum Kirchendienst. In seinem Teil der „Winsbekischen Gedichte" – neben den Versen des Vaters und der Mutter – warb er sogar beim Vater dafür, dass der seine Güter und Rechte verkaufen und sich der Obhut der Kirchlichen anvertrauen sollte. Er, der Sohn, wurde Archidiakon beim Bischof von Regensburg, eine Art Unterbischof. Karl Dunz hat dies gefunden und in seinen Aufzeichnungen dargelegt. Wenn man nun die historisch belegten Namen des Heinrich und des Sohnes Hermann den Gedichten zuordnen kann und urkundlich der spätere Besuch des Sohnes als Kirchenmann noch einmal in Windsbach bekannt ist, kann die Annahme nicht verworfen werden, dass der Vater Heinrich dem Ruf des Sohnes gefolgt ist, sein Leben wohl in Regensburg beendet hat. Dort nämlich hat man das Katharinenstift neu und größer außerhalb der Stadtmauern an der Nordseite der „Steinernen Brücke" errichtet – genau um diese Zeit, wie sich im Archiv des Bistums Regensburg finden ließ. Diese Zusammenhänge hatten mir keine Ruhe gelassen. Es hätte keinen Grund für einen Regensburger Kirchenmann gegeben, in Amt und Würden sonst nach Windsbach (zurück)zukommen. Übrigens wurden auch in Pöchlarn an der Donau gegenüber dem Wallfahrtsort Maria Taferl zwei derer von Windsbach genannt, zeitlich 1330 in künftiger Forschung wohl nicht zu übergehen.

Einem weiteren Streitfall bin ich ebenfalls nicht aus dem Weg gegangen: dem Namen der Stadt. Wenn man weiß, dass der Stamm der Wenden aus dem heutigen Gebiet von Mecklenburg über das heutige Wendland südlich von Berlin und über Ostthüringen und die Oberpfalz bis in die Gebiete vor allem Mittelfrankens zog, kann man sich von anderen Deutungen verabschieden. Auf diesem Weg der Zeit der Völkerwanderung kennt man über hundert Ortsnamen, die in unterschiedlicher Weise und in bekannten Lautverschiebungen mit dem Namen dieses Volksstammes verbunden sind. Warum diese Siedlungen besonders an sehr feuchten Plätzen entstanden sind, was sie fast alle gemeinsam kennzeichnet, wäre ein Anlass zum Weiterforschen.

Übrigens hat mich bei meinen Studien vor etwa dreißig Jahren auch der Herkunftsort des „Tannhäusers“ interessiert. Dabei sind nicht nur ein oder zwei Anhaltspunkte für den Ort Tannhausen bei Gunzenhausen ausschlaggebend gewesen. Da passen mehrere Gesichtspunkte zusammen, wie an anderer Stelle vorgetragen. Aber die Forschung für Windsbach hat schon viele zum Mitmachen eingeladen. Ein Minnesänger von Menberg (Mäbenberg) und der berühmte Wolfram von Eschenbach, der Abenberg erwähnte, sind ein Zeichen für Kultur aus der Gegend zu jener Zeit. Der Burggraf Friedrich von Abenberg war bei einem Kreuzzug erkrankt, die Blüte seiner Zeit erlebte der Förderer dieser Künste nicht lange. Sicher kommt auch jetzt noch Neues zum Vorschein.

Tradition hat auch im Kleinen schönen Bestand. Da darf man gelegentlich schmunzeln.

So gab es ein ‚Gängla', das eigentlich sogar eine Gasse war: die „Stopfergasse", die diesen Namen aber niemals offiziell bekommen hat. Vom Hubers-Bäck an der Rezatbrücke herkommend, dieses (auch) „Hubers Gängla" entlang Richtung Einmündung der Mitteleschenbacher Straße in die Spalter Straße hinter Auto Huber gab es diese kleine „Stopfergasse". Man erzählte, dass wegen nicht allzu großem Reichtum dort in den Familien öfter als sonst üblich viel Kartoffelbrei, der „Stopfer", gegessen wurde, und daher die eher liebevoll gemeinte Gassenbezeichnung gekommen wäre. Als wie jedes Jahr wieder einmal im Sommer mit Tischen und Bänken auf der Gasse das „Stopfergassfest" (ein Straßenfest) bei Unterhaltung, Musik und gutem Essen und Trinken begangen wurde, und in dem Jahr damals ein ‚Europa-Jahr' war, glaubte ich, etwas gegen diesen Ruf des eher ärmlich machenden Namens tun zu müssen. Ich brachte unter die Leute, dass man als vorbildliche Europäer gelten könnte, wenn man die „Stopfergasse" besser in die französische „Allee de purée" umbenannte. Doch ‚Allee' kam gar nicht gut an. Man ärgerte sich und bediente mich nur zögerlich. So konnte man auch als geprüfter ‚Europäer' und mit etwas Französisch noch scheitern.

Viel wichtiger war, dass die Leute in Stadt und Land nicht scheiterten, sondern sich gut durchsetzten und zu etwas geworden waren.

Volksschulklassenkameraden kamen im örtlichen Handwerk unter, so Georg Herzog, Martin Probst und Fritz Bernecker, oder besuchten wie Karl Herbst die Maschinenbaufachschule, lernten auswärts wie Hans Beck und Fritz Brunnhübner, lernten teilweise beim Vater und übernahmen später den geachteten Handwerksbetrieb wie Georg Schwarz, Heinz Link, Hans Gugel oder, als Viehhändler, Fritz Weigel. Willi Seegets wollte zur N-ERGIE, dem Fränkischen Überlandwerk, und Hans Koch wurde erfolgreicher Reisender. Fritz Bernecker lernte Maler, Stefan Forster wurde Landwirt, und Erich Zabold ging (?) zur Post. Adolf Großberger, Hermann Engelhardt, Georg Schreiner, Jochen Freitag, Hans Schottorf, und Hetterich kamen zu Berufen, die mir nicht mehr bekannt waren beziehungsweise sind. Die vielen Mädchen hatten allesamt einen guten Beruf im Auge und haben erfolgreich gelernt. Aus den Dörfern wurden die Söhne Fritz Stallwitz und Georg Nusselt Landwirte, Fritz Schwarz verunglückte viel zu jung.

Einige von uns treffen sich noch heute gerne zum regelmäßigen ‚Konvent' im Café Helmreich, soweit wir noch kommen können – oder wegen der Pandemie dürfen. Bis heute sind die Mädchen von damals gerne dabei: Martha Schütz, Marie Herrgott, Lies Koreis, Herta Huber und Babette Neubert, bis vor einiger Zeit auch Erika Heiß und Hedwig Grillenberger (mit ihren Mädchennamen). Anneliese Leidel kam weniger, Hochreuther sogar aus Amerika. Und einmal besuchte uns Renate Wittig aus Baden-Württemberg.

Scheuerpflug wäre gerne öfter gekommen, hatte aber Gehprobleme. Unsere immer aktive Johanna Karl engagiert sich jetzt für eine besondere Aufgabe zur gleichen Zeit.

Und „von oben“?

Laut einem Zeitungsausschnitt einer Ansbacher Zeitung, den ich nicht mehr habe, hat der Rektor Steinbauer, im Ersten Weltkrieg zugleich Rektor des Progymnasiums Windsbach und des Pfarrwaisenhauses, gesegnet mit elf Kindern und wohnhaft bis zum Tod in der Stadt, einen Vortrag vor einem geschlossenen Kreis von Windsbacher Bürgern in dem Haus gehalten, das etwa vierzig Jahre später mein Geburts- und Elternhaus werden sollte. Der Bericht darüber war nach meiner Erinnerung um das Jahr 1900 herum in der Tageszeitung aus Ansbach, als Rektor Steinbauer über nationale Aufgaben des Kaiserreichs referierte. Einer seiner Söhne war der spätere Pfarrer Karl Steinbauer, zunächst mit Sympathie für nationalistische Themen, aber alsbald mit deutlichem Abstand dazu, als Methoden und Ziele des Nationalsozialismus immer offensichtlicher wurden. Er galt als ‚Sportskanone‘ und soll am ausladenden südlichen Ast der großen „Goethe-Linde“ einmal eine Turnübung ähnlich einer Riesenfelge vorgemacht haben, wobei die unten an der Metzgerei staunende Metzgersfrau Münter fast in Ohnmacht gefallen sein soll. Der spätere Pfarrer Karl Steinbauer war in seiner Meinung unbeugsam, was er ein paarmal mit KZ-Haft büßen musste. Er wurde zum Feind der Regierung und war gefährdet. An seiner Beerdigung berichtete ein Bundesbruder, dass er bei einem Konvent einmal in den Saal vor Partei- und SS-Größen gerufen habe: „Euer Führer ist ein Verbrecher!“. Nach quälend langen Sekunden stand ein Mann auf und sagte: „Wir sind zusammen eine Lebensgemeinschaft und nicht eine für den Tod“. Karl Steinbauer hätte da mit allem rechnen müssen, doch es passierte ihm daraus nichts.

Als er in Windsbach als Gastprediger einmal eine kritische Predigt gehalten hatte, wurde er dafür angezeigt. Vor dem Volksgerichtshof mit dem Richter Freisler musste er seine Predigt wiederholen. Seine Bestrafung bestand in einer Versetzung.

Der alte Rektor Steinbauer soll bei Not am Mann in seiner Zeit der Doppelbelastung bei Prüfungen den Raum verlassen haben und sicher gewesen sein, dass niemand von den Prüflingen einen Versuch zum Unterschleif gemacht hat. Die Erziehung zur Selbstachtung hatte bei ihm hohen Wert. Ein Nürnberger Notar, Dr. Grimm, selbst früher „Windsbacher", hat mir in den 70er-Jahren einmal von dem respektierten Rektor erzählt. Karl Steinbauer war das letzte Mal in Windsbach zur Beerdigung unseres Vaters.

Im Bereich des „Kastens" stand das Emil-Haffner-Haus an der Moosbacher Straße. Ursprünglich als Turn- und Gymnastikraum gedacht, wurde der Bau später als Platz für Reserve-Betten und ähnliches gebraucht, und dann zum Zeichensaal umgebaut. Aber der Namensgeber – das begegnete mir beim Lesen von Windsbacher Archivalien – war nicht nur Heimleiter gewesen, sondern offenbar auch forschend aktiv auf dem Gebiet der städtischen Bodendenkmäler. Es gab also durchaus auch Aktivitäten für die Stadt.

Auf einem etwa 2.000 Quadratmeter großen Grundstück, eher länglich, an der Rother Straße Nr.1, zur Straße hin, hatte ich meine eigene Heimat: stark abfallend, nur vierzig Meter vom Stamm der großen Linde entfernt, ein mit viel harter Arbeit meiner Eltern zu Terrassen abgeböschter Abhang. In langen Monaten vor ihrer Hochzeit hatten sie die Fläche oben eingeebnet, danach bepflanzt mit Sträuchern und Bäumen. Ich erinnere mich an ein Gefühl der Geborgenheit, der Heimat, an ein Refugium von allen Widerwärtigkeiten. Meine Kinder- und Jugendzeit mit dem jüngeren Bruder war eingerahmt von Bäumen und einem Hühnerlauf, einem Schuppen, der „Schüpfe", und einem früheren Bienenhaus für Gartenwerkzeug. „Vor dem Haus", auf städtischem Grund, war an Samstagen das „Räumen" von Laub und dürren Zweigen, im Herbst auch von Kastanien angesagt: Jeden Samstag musste bis zu zwei Stunden Laub gerecht, der Weg zum Haus gekehrt und ein Mini-Weiher, der von einer Quelle im großen Hauskeller gespeist wurde, in Ordnung gehalten werden. Und das Laub musste auch noch weggeschafft werden. Die breite Zufahrt zum Hauskeller, der nur von dort begehbar war, hatte einen Hintergrund: Er war früher ein Brauereikeller gewesen, bevor er im Krieg zu Luftschutzkeller umgebaut worden war, indem man eine Druck- und Splitterwand am Eingang einmauerte. Da konnten wir Buben beim Mauern zuschauen.

Und wir lebten „dazwischen"

Unser Heranwachsen war zum einem besonders und gleichzeitig normal. Beim Erwerb durch die Eltern war das einfache Einfamilienhaus, das bis dahin keines gewesen war, sondern eine sehr einfache Kellerwirtschaft mit einem großen Brauereikeller, 27 Meter lang, mit einem Gartenkeller unter dem Gartenhaus, ohne Einzäunung des Gartens an der Rother Straße Nr.1, noch Haus-Nummer 133a in Windsbach. Die Eltern schufen Gartenland und pflanzten Bäume: Klar-Apfel, Kaiser-Wilhelm-, Kronselz- und Boskoop-Apfel sowie Pflaumen, und ergänzten den Bestand an drei großen, aber vergreisenden Kirschbäumen um drei Zwetschgen-Bäumchen und auf den Terrassen mit Spalierobst. Dazu Johannisbeer-, Himbeer- und Stachelbeersträucher. Neben dem Gartenhaus stand, halb auf dem freien Außenkeller für Kartoffeln und Kraut, ein mittelgroßer Lindenbaum, der mir später mit seinen näher an die Fenster wachsenden Zweigen nächtlich viel Angst eintrug, weil im Halbdunkel alles so gespenstisch wirkte. Im Juni allerdings war er willkommen, wenngleich mit viel Arbeit verbunden, weil wir öfter hinaufklettern konnten oder mussten, um Lindenblüten für Tee im Winter zu zupfen. Der Duft der Blüten war schon ein Genuss an sich und ist es mir bis heute geblieben. Auf diesem Baum war Wagemut mit Risiko-Abwägung gefragt, weil im Falle eines Falles auch die Höhe der kleineren Kellermauer dazukam. Dann wäre man zwischen Himbeersträuchern gelegen. Nie sind wir heruntergefallen oder ernsthaft in Gefahr geraten, auch Freunde nicht, die mit auf den Baum durften.

Am hinteren Ende des großen Kellers unter dem Wohnhaus war damals noch eine kleine Quelle, deren Wasser durch ein Röhrchen nach außen an den Eingangsweg floss und dort als kleines Rinnsal für ein gestautes kleines Gewässer sorgte. Es reichte für Spielereien mit aus Baumrinden geschnitzten Schiffchen und für die Chance zum Dreckigwerden und damit für lautstarke Rügen von der Mutter. Für den Luftschutz im Krieg wurde der feuchte Sand des Kellerbodens, der nie trocknete, mit Holzdielen belegt, auf die man einfache Steine stellte mit Brettern quer darauf zum Hinsetzen und Kauern, in blanker Angst während der Bombennächte. Versorgung war nicht dabei. Was man an Wichtigem besaß, blieb im Gewand am Leib oder in einer immer griffbereiten Ledertasche.

Vor dem Keller, am Weg zum Pfarrwaisenhaus, stand und steht heute noch eine Allee aus Linden- und Kastanienbäumen, zusammen mit der großen Goethe-Linde. Das war öfter unsere Freizeitbeschäftigung: Einige von uns kletterten nicht nur auf die üblichen Kletterbäume, sondern auch in den Stamm der hohlen großen Linde. Da hineinzuklettern war nicht ganz einfach, das gelang nur wenigen Buben über eingeschlagene Nägel: an der rissigen Baumrinde hinauf in ein Astloch neben dem Stamm, und sich innen wieder herabhangeln an einem Holzkernstock. An dem harten Holz konnte man sich an der anderen Innenseite im hohlen Stamm wieder einige Meter nach oben bewegen, wodurch die Aufnahme-Kapazität auf maximal sechs Buben wuchs. Um dann wieder herauszukommen, musste man sich an dieser ‚Innenwurzel' nach oben ziehen, aus dem Astloch quälen und dann außen an der rauen Rinde mit den krummen Nägeln herab ein gewisses Absteigekönnen beweisen, um sich nicht böse zu verletzen. Schuhe dafür waren Mangelware. Man stieg schon mal mit Holzsandalen hinauf. Wer außen war und nicht aufpasste, rutschte an der groben Baumrinde auf schlecht eingeschlagenen Nägeln ab, über die man den Aufstieg geschafft hatte. Öfter hat sich daran einer verletzt und dann aufgegeben. Wer älter als 14 Jahre alt war, kam kaum noch durch die Astöffnung ins Innere des Baumes. Der letzte beim Einsteigen rief im Spiel dann die üblichen Kommandos für das Abtauchen eines U-Bootes oder vor dem Start eines Flugzeugs oder die Abfahrt eines Panzers. Ob da einer wirklich weiter dachte als an das wenige Jahre vorher Erlebte und das im Spiel noch Nachhängende, bezweifle ich sehr. Das war alles vorbei. So wie beim Indianerspielen in den nahen Wäldern, so ‚doll' wie arglos. Hätte man damals schon Raketen zum Mond gekannt, hätten die Kommandos „5-4-3-2-1-Start!" geheißen.

Bei dieser inneren und äußeren Nähe zu diesem besonderen Lindenbaum von fast vierzig Meter Höhe war es wohl kein Wunder, dass mich fast die Schockstarre traf, als ich an einem Sonntagmorgen vor die Haustür trat und sah, wie aus den inzwischen aus Sicherheitsgründen abgesägten hohen Ästen des vergreisenden Baumriesens wie aus Schloten Rauch stieg. Klar, das war Brandstiftung. Aber es war wohl nichts zu retten (13. Dezember 1992). Früheren Schabernack, schlechte Scherze hatte der Baum wohl mindestens einmal überlebt. Das war das Ende einer langen, bemerkenswerten Baumgeschichte. Umso wertvoller war, dass der Kunstmaler Friedrich Trost, der im Sommer 1943 für ein paar Wochen zur Sommerfrische und aus Angst vor Bomben in Nürnberg in einem Zimmer bei uns im Haus wohnte, eines Tages vor der Haustür seine Staffelei aufbaute und sich die große Linde vornahm. Damals noch ohne Zaun zum Acker hin, war dieser Platz wohl der einzige, von dem aus diesem Baum kunstmalerseits beizukommen war. Was er in Öl malte, war eine einzige Symphonie in Grünn – als ob er eine Vorahnung auf die musikalische Zukunft des oberhalb liegenden „genius loci" gehabt hätte!

Oberhalb unseres Hauses, am Anstaltsberg, stand – und steht noch heute – der „Kasten", das Studienheim, das damals in Anlehnung an den Gründungszweck ‚Pfarrwaisenhaus' hieß, achtzig Meter von diesem meinem Geburtshaus entfernt. Später kamen das

Studienheim und der Chor-Saal hinzu, als der „Windsbacher Knabenchor“ schon eine Art Weltruf unter den Menschen seines Fachs erreicht hatte. Die 120 Meter Entfernung von unserem Elternhaus sollte im „Dazwischensein“ noch eine Rolle spielen. Denn räumlich zwischen diesen Teil-Anstalten und der Rother Straße lag unser Zuhause, im Westen begrenzt von der öffentlichen Fläche mit den Alleen und dem Anstaltsberg, der ansteigenden Heilsbronner Straße und der Einmündung der Denkmalstraße sowie dem Einbiegen der Rother Straße in die Heinrich-Brandt-Straße. An der Heilsbronner Straße standen Jungkastanienbäume, auf dem Anstaltsberg die Luitpoldlinde, die Ludwigslinde und die junge Hitlerlinde, die bis nach dem Krieg quadratisch von einem Lattenrostzaun mit Hakenkreuz umgeben war.

Wie sich leicht vorstellen lässt, waren Lärmverursacher „unten“ und „oben“ nun die direkten Nachbarn. In einem Heim geht es irgendwie immer laut zu, was zwar nicht sehr weithin tönt, aber in der Nähe deutlich wird. Wenn Heimschüler, sogenannte Zöglinge, Rügen einstecken mussten, war das ebenso laut vernehmbar wie die Übungen an Instrumenten, an der „Königin der Instrumente“ (Hans Thamm, der Gründer des Chores), mit Trompete oder Posaune, auch am Klavier – besonders bei geöffnetem Fenster. Besonders wenn der Chorleiter ernsthaft laut wurde, nachmittags oder am frühen Abend, war an konzentriertes Arbeiten beim Lernen am geöffneten Fenster nicht zu denken. An manchen Wochenenden im Garten ein Buch zu lesen, war bei uns die zweitbeste Idee. Da war es schon mal richtig laut von „oben her“. Karl-Friedrich Beringer führte als Nachfolger von KMD Hans Thamm den Chor mit sehr viel Einsatz zu neuen künstlerischen Höhen und zu Konzerten in aller Welt. Und auf Einladung des deutschen Bundespräsidenten von Weizsäcker auch zur UNO-Vollversammlung, als er, dort eine Rede hielt. In gleich hoher Qualität führt wohl heute Martin Lehmann (seit 2012 bis leider nur 2022) den Chor zu Ansehen und Ruhm, zur Ehre auch der Stadt, die daraus einen „windfall-profit" genießt. Ab Herbst kommt aus Leipzig als neuer Chorleiter Ludwig Böhme, der unter 25 Bewerbern ausgewählt wurde.

Im Gegenzug drangen Geräusche und Lärm von ‚unten', also von der Stadtseite her, in mannigfacher Weise auf unser Anwesen, das insgesamt 59 Jahre im Familienbesitz war. An Sonntagen fast unerträglich, rauschten im Sommer lange Reihen von Autos heran, die im Takt von zehn Sekunden durch das Städtchen zum damals sogenannten „Waldstrandbad" bis in die Mittagszeit anrollten – und gegen Abend wieder nach Hause.

Auch werktags waren wir mit Lärm gesegnet. Nach dem Krieg begann der Verkehr mit den berüchtigten Holzvergasermotoren, weil Sprit rar war. Das Gattersägen-Werk vom Westphal an der Denkmalstraße nervte mit dem Sägen von Langholz an vielen Tagen im Jahr bis 18 Uhr. Am ansteigenden Teil der jenseits des Anstaltsberges uns gegenüberliegenden Heilsbronner Straße war es für Fuhrwerke mit Kühen oder Pferden als Zugtieren unmöglich, ohne laute Rufe der Bauern oder Fuhrknechte den Berg hinaufzuziehen. Herunterzufahren war ohne quietschendes Bremsen ebenso kaum möglich. Wenn die Dreschmaschine, „die erste elektrische in Mittelfranken", direkt unterhalb unseres Hauses für drei volle Tage erdröhnte, waren nicht nur die Getreideernten des Nachbarn, sondern auch anderer kleinerer Bauern mitzuverarbeiten. Körnerspelzen und Dreschstäube hingen an diesen Tagen sichtbar in der Luft, das Heulen der Maschine war akustische Dreingabe mit wenigen kurzen Pausen. Alle Helfer um die Maschine, auf Wagen und am Speicher, hatten schwer zu schuften. Da viele Heimschüler selbst aus ländlichen Heimatorten kamen, fiel das trotzdem wohl kaum ins Gewicht oder wurde ebenfalls als gegeben hingenommen.

Und die Nachbarn?

Da an der Rother Straße gegenüber unserer etwas erhöhten ebenen Gartenfläche nur Streuobstgärten lagen, war an Festtagen der Lärm der Musik und der Gäste aus der Stadthalle deutlich laut zu hören, denn zur Lüftung öffnete man die Fenster hinter der Bühne, wo die Kapelle Platz fand. Laut war gelegentlich auch der Heimweg mancher Wirtshausbesucher im Gasthof Fischer, später Dorschner. Und an Sonntagen war der Schießwasen, der Sportplatz vor der Stadthalle, mit damals vielen Zuschauern bei den Fußballspielen alle 14 Tage die Quelle von Jubel- und Protestgeschrei. „Toooor!" oder „Schiiieber!" waren bis zu unserem Garten klar von einfachen Freudenrufen wie „Jaaa!" zu unterscheiden. Von unserem Garten konnte man übrigens bis zu einem „Geographischen Punkt", einem hohen Holzgerüstturm auf dem Höhberg südlich von Mitteleschenbach, schauen.

Angrenzend an unser längliches Grundstück lag das Anwesen Pfahler, wo die immer angenehmen Nachbarn jedes Jahr ein Schwein fütterten und eine Kuh für Milch und als Zugtier hatten. Da störte auch gelegentliches Grunzen des Schweines nicht, ebenso wenig das seltene Meckern der Ziegen von Schneider Schütz dort gegenüber.

Und wenn Ende Mai bis Ende Juni die Frösche am Oberen Weiher ihr lautes Quaken zu Gehör brachten, konnte man zwar länger nicht einschlafen, aber dann umso besser. Noch heute mag ich die Laute dieser Amphibien, wenn ich ihnen irgendwo zuhören kann. Dass von unserem Garten an bestimmter Stelle das Zirpen von Grillen manchen Abend stören konnte, war wie alles andere ohne Beklagen geblieben. All das gehörte so, wie es war, einfach dazu, so, wie man selber sich dazugehörig sah, sogar als Bestandteil seines Umfeldes. Was Dezibel B bedeutet, dürfte wohl damals keinem Menschen in der Stadt bekannt gewesen sein. Alle

Nachbarn, neben den genannten auch die Westphals, die Ortners, Büttner-Schmidsillers und Wiesingers, Klampfers, Krafts, Walters, Polizei-Schmidts, Hollenbachs, Gasthaus Fischers mit Saalbau und Metzgerei, Meyers vom Baugeschäft, die Schneider-Becks, im Haus dazu die Familie Radschun, die Leidels mit Gasthaus und Metzgerei und Schlosser Reuters, die Grillenbergers, Stolls, Lechners/Fries‘ und die Hammerers, die Bohrers und danach die Seiferts vom Dekanat, die Zahnarzt Lists sowie Hiltners und Reithelshöfers mit den Walks oder die Wilds, Bauer Strob, heute neu mit Familien Helmut und Robert Frischeisen, Maler Strobs, Zabolds, Wellhöfer-Prangs mit den Leibls, später auch die Links gegen Ende des Krieges als Evakuierte aus Nürnberg, Helmut Ries, die Friedleins vom Berg oder Westphal vom Berg, Stadelmanns vom Berg, die Familie Seidel, die Schüleins, Becks und Eschenbachers, die Friedleins und Murrs von der Moosbacher Straße, die Degenkolbs über dem Waschhaus des Heims, im Lehrerhaus Dr. Nessler, Dr. Mebs und Frau Lindner mit ihren Kindern, Zeichenlehrerin, den Lehrer Fischers, später Riedels, oder die Schöfers beim Hammerer, vorher Frau Schneider, die Frau von Lehrer und Offizier Schneider mit Tochter und Schwiegersohn, Pfarrer Rückert, dem späteren Jugendpfarrer der evangelischen Landeskirche und Pfarrer an der Egidienkirche in Nürnberg – alle Nachbarn sind mir nur als höchst angenehme Zeitgenossen in Erinnerung geblieben, mit manchen war ich näher verbunden.

Extra zu erwähnen ist Frau Hammerer. Diese Frau, mit einem Opel-PKW von vor dem Krieg ausgestattet, ließ es sich nicht nehmen, jeden Bedürftigen zu jeder Tages- oder Nachtzeit in ein Krankenhaus zu fahren, wenn Not am Mann war. Nie hat sie gemurrt oder sich geweigert. Heute kriegt man auch in Kreisstädten oder Kurstädten ab 22 Uhr kein Taxi mehr her. Christl Fischer, die Schwägerin der Wirtin, war bald als Rotkreuzsanitäterin eingesetzt und kaum mehr in Windsbach zu sehen – eine sehr angenehme Frau. Und beim Schneiderbeck wohnte einige

Monate eine Familie Dr. Fischer, der plötzlich fort war. Die US-Armee hatte ihn gefunden und für die Raketenforschung mit in die Staaten geholt. Er soll vorher mit Wernher von Braun bei der deutschen Forschung gearbeitet haben.

Uns als Familie war Frau Grillenberger von der Schwalbenmühle wohl gesonnen. Wenn sie einmal einen Packen selbstgemachte Butter erübrigen konnte, etwa ein gutes Pfund schwer, warf sie das in Tageszeitung gewickelte Stück bei uns, verstohlen um sich schauend, über den Zaun an der Straße. Sehen durfte das keiner. Sonst wäre sie angezeigt worden und hätte, neben der Bestrafung, alles abliefern müssen. In Sommer und Herbst waren wir im Gegenzug mit Beeren und Äpfeln dran. In den Wäldern um die Schwalbenmühle und die Hölzleinsmühle war unser Freiraum für Waldspiele mit Suchen und Aufspüren und mit „Festungsbauen" aus Zweigen und Ästen. Angst musste man da vor allem vor dem Bauern Keim aus Wolfsau haben, der das Treiben aller Buben argwöhnisch verfolgte, ohne uns selber zu verfolgen. Aber Wald war Vermögen, das man nicht zu schmälern hatte, auch nicht mit Abschlagen von Ästen. Die „Schluchten" am Goldberg nahe der Hölzleinsmühle und der Goldbach als kleines Gewässer, ähnlich dem Schwalbenbach, der für das Strandbad das Wasser liefert, lockten uns zu fröhlichem Tun am kleinen Nass mitten in den tiefen Wäldern.

Wenn am Anstaltsberg Schlittenfahren oder Ballspielen angesagt war, wir Zeit zum Spielen hatten, versammelten wir uns immer gerne mit den Gleichaltrigen Es war eine Jugendzeit mit wenig Ablenkung durch Angebote von allgemeinem Zugriff.

Aktiv werden musste man schon selber. Aber den „Spielraum" dazu in dieser schönen Breite vom Ziegelbuck bis zum Hain des Kriegerdenkmals, über die Alleen am ganzen Anstaltsberg und zwischen dem Gasthaus Fischer und der Autowerkstatt Hammerer über die Prinzregenten-Allee und den Schießwasen bis zum Unteren Weiher – diesen Raum zum Spiel, Selbermachen, Einfädeln und Ausführen von eigenen Ideen oder übernommenen Spielen hatten wohl nicht viele aus unseren Jahrgängen. Oder jemals überhaupt. Wir dürfen uns glücklich schätzen.

Auch wenn wir Frischeisen-Buben uns in diesem „Lärmpegel" ein Gymnasium antun sollten. An manchen Tagen, immer Punkt 16 Uhr, erschien meine Mutter bei der Hausecke vom Hammerer und brauchte keinen Ton zu sagen. Selbst einen zu spielenden Querpass beim Fußball durfte ich da nicht mehr spielen, sondern musste sofort an ihr vorbei nach Hause rennen und mich nach dem Waschen an die Schularbeiten machen. Man musste sich konzentrieren, unabhängig von eindringendem Lärm oder ärgerlichen Geräuschen, von den Übungspflichten der angehenden Musiker und des Chores. Geräusche waren einfach da. Wir überlebten es trotzdem gut, ebenso wie manche später verpönte „Schelln".

Nachdem wir Fahrräder bekommen hatten, erkundeten wir die nähere und weitere Gegend, so auch mit dem Burschenkreis, als wir mit Diakon Büttner bis nach Königstein in der Oberpfalz radelten, nachdem wir den Pflichtbesuch in Rummelsberg absolviert hatten. Doch heimwärts schlug das Schicksal zu.

In Feucht stand plötzlich eine Polizeistreife und kontrollierte die Fahrräder, da zu dieser Zeit viele Diebstähle gemeldet wurden. Mein Fahrrad stand da auf einer als gestohlen gemeldeten Liste. Es wurde einbehalten, und ich stand in Feucht auf der Straße. Auf dem Gepäcksitz eines Kameraden mitzufahren war streng verboten. Und die Polizei war ja auch noch nah. Auf die Frage nach meinem Heimkommen gab es ein Achselzucken.

So blieb mir nichts anderes übrig, als in einer Art trabendem Dauerlauf die längste Strecke neben den anderen herzulaufen, um am Abend ohne Rad heimzukommen. Der Schock bei meinen

Eltern war groß, hatte mein Vater doch nur wenige Jahre vorher das Rad beim Schlosser Reuter gekauft gehabt – die Rechnungs-Quittung mit der Garantie-Karte gibt es heute noch. Meinen Einspruch gegen das Vorgehen der Polizei mit dem Hinweis auf die Quittung wischte Polizist Früchtl forsch vom Tisch: „Die Polizei irrt nicht!" Und sie tat es dennoch! Weil unser Vater sich in München schriftlich beschwerte und den Kaufbeleg vom Schlosser Reuter anfügen konnte, wurde der Sache endlich doch nachgegangen. Der Präsident der Polizeibezirksdirektion Oberbayern meldete sich und entschuldigte sich offiziell. Das als gestohlen gemeldete Fahrrad hätte eine andere Farbe, eine andere Nummer und wäre ein Damenfahrrad, das in Garmisch gestohlen gemeldet wäre. Das bei der Polizei in Windsbach verwahrte Rad lag dann ein paar Tage später bei uns im Vorgarten. So waren die ‚obrigkeitlichen' Verhältnisse in den Jahren nach dem Krieg.

In Windsbach nutzten wir jede Gelegenheit, um mit den Rädern muntere und verwegene Fahrten zu unternehmen. So beispielsweise im Kidrontal, wo eine Art kleiner Natur-Stadtpark einen steilen schmalen Fußweg hat(te). Den rauschten wir zwischen den Bäumen verwegen hinab. Es passierte nichts.

„Ernte“ gab es auch. Vor unserem Haus stand an der Rother Straße ein Birnbaum mit herrlich saftigen Früchten. Allerdings nahm die Stadt jedes Jahr eine Versteigerung vor. Der Ersteigerer war dann der berechtigte Einholer der Erntefrüchte. Aber Fallobst durften alle mitnehmen. Doch diese Birnen waren so süß, dass zur Reifezeit die Wespen überhandnahmen und wir auch da Erfahrungen sammeln durften. Vor dem Zaun, weiter hinten an der Straße, stand noch ein Holzbirnbaum, dessen Früchte ebenfalls, wenn auch herb, gut schmeckten.

Im Herbst schlugen wir Kastanien, Rosskastanien oder bei uns die „Koschdannia“ genannt, von den Ästen und aus Schalen. Die waren zwar nicht schmackhaft, aber wurden gerne zum Spielen und Basteln mit nach Hause genommen. Solche großen Bäume, mit Parkraum darunter, für Fuhrwerke zuerst, aber auch für Autos, standen vor dem Gasthaus Fischer. Und einige auch im Garten der Wirtschaft vor dem Saalbau. Am Fußweg vom Münter bis zum Hammerer wuchsen vier große Eschen, die im Sommer wohltuenden Schatten spendeten.

Der Herbst machte mit leuchtenden Farben seine Aufwartung. Hatte der Frühling schon Freude bereitet mit den leuchtenden Blüten, meist in Weiß, am unteren Ende des Fußweges zum Heim des Pfarrwaisenhauses hinauf als Abschluss in roten Kerzen, begeisterte das mit Farben verwöhnende Laub im Herbst seine Betrachter. Der Birnbaum der „Leipersloher Birnen“ am Ziegelbuck wärmte mit allen Farben von gelb bis orange und rot, sogar dunkelrot, und daneben ein Holzbirn-Baum. Mehr orange war das Laub am großen Birnbaum vor dem Haus, und mehr Gelb dabei hatte das Laub am Holzbirnbaum an der Straße. Ein ganz besonderes, ein warmes Gelb strahlte von einer selten großen Birke, die neben dem Birnbaum vorm Haus stand. Deren Laub war im Frühling mit dem frischen Grün eine wahre Pracht. Aber im Herbst war das eine riesige Menge an Laub, die erst weggearbeitet werden musste – auch innerhalb des Gartens, wo es an Menge mit dem Lindenlaub konkurrierte. Dann war der Beifall für die Herbstfarben an den Bäumen eher mäßig.

Doch in der Erinnerung bleibt das Schöne, akustisch wie optisch, auch die reine Luft unter den Bäumen, ein Gesamtbild mit vielen Kleinigkeiten, ein Gefühl von Heimat, für den Sinn von Heimat und seine eigenen Wurzeln – und weit darüber hinaus: „Heimat ist der Rückzugsraum der Seele" (Dr. Kurt Töpner, lange Jahre Bezirksheimatpfleger des Bezirks Mittelfranken, öfter bei uns zu Gast in Windsbach in den 1980er und 1990er Jahren).

Kurt Töpner hat auch meine Forschungsergebnisse bestätigen können zu den von Menschen gemachten „Schluchten" am Goldbach sowie zum abgegangenen Dorf Erlbach (einer Wüstung) oberhalb der „Schluchten" zwischen Hergersbach und Untereschenbach, wo man davon noch Spuren finden konnte.

Von diesem Ort Erlach soll es Gutachter gegeben haben, deren Namen man kennt, die sogar in bischöflichen und anderen Diensten tätig waren. In den Flurnamen des Waldes (das sind richtige Urkunden) steht noch heute eine Flur im Wald mit der Bezeichnung „Klein-Erlbach" nahe der Fundstelle. Von der zweiten Furt über die Rezat oberhalb von Elpersdorf, wo ich auch noch Spuren finden konnte – bis zur „Rezatbereinigung" Ende der 1990er-Jahre – war an anderer Stelle schon die Rede. Der Weg dieser Furt dürfte über Retzendorf zum „Unteren Tor" in Windsbach geführt haben und weiter Richtung Lichtenau und Ansbach. So wie die andere Furt oberhalb der jetzigen Brücke, der Markgrafenbrücke über die Rezat vom „Brucktor" aus, immer „Unteres Tor" genannt, wurde diese andere Furt wohl nicht mehr gebraucht, als die Markgrafenbrücke als letztes großes Bauwerk des letzten Markgrafen von Ansbach-Bayreuth eingeweiht worden war.

Uns Buben vom „Anstaltsberg" war aber auch der „Burgstall" nicht unbekannt, ein Rückzugswaldstück für Mensch und Tier bei zu erwartenden Horden-Einfällen oder versprengten Haufen, wie man Heeresteile früher nannte. Für die galt in ‚bestrichenen' Gegenden Selbstversorgung zu Lasten einer ganzen Gegend.

Dass Karl Dunz unabhängig von mir in seinen eigenen Forschungen dasselbe Feld mit demselben Ergebnis beackerte, ist bemerkenswert: Die Stadt Windsbach, seit 1278 mit Stadtrechten versehen, war die einzige Stadt, die die Burggrafen von Nürnberg mit deren Nachfolgern, den Markgrafen von Ansbach-Bayreuth, über genau 500 Jahre durch Erwerb in Besitz hatten. Windsbach besaß ein Fraischgericht und ein Rentamt.

Dass es noch heute Spuren einer größeren Keltensiedlung im höher gelegenen Wald zwischen dem Goldbach und dem Schwalbenbach gibt, ist seit mindestens 200 Jahren bekannt. Aber dass es eine frühzeitliche Ansiedlung mit gefundener Feuerstelle gleich neben dem alten Progymnasium gegeben hat, heute unbekannt, aber mit Fundstücken, die sich im Heimatmuseum von Gunzenhausen befinden, wussten auch Studienräte nicht. Sie soll hier wenigstens eine Erwähnung wert sein. Als Heimatverein haben wir uns bemüht, die Stücke aus dem Museum in Gunzenhausen nach Windsbach zurückzuholen, was dort aber abgelehnt wurde.

So bleibt eigentlich nur, an die Nachbarn in der Nähe und etwas weiter entfernt zu erinnern, die mir selbst im Gedächtnis geblieben sind und mit denen ich oft guten und angenehmen Kontakt hatte.

Die Rother Straße entlang: Zunächst die direkten Nachbarn Pfahler, dann Hiltner, dann Reithelshöfer, zeitweise dazu Walk, dann in späteren Jahren Hagelauer, städtischer Angestellter und passionierter Gärtner und Auto Baumgärtner. Auf der anderen Straßenseite Familie Schütz, dann Lebküchner, Bäcker und Hersteller von „Negerküssen" mit Belieferung auch norddeutscher Kunden Familie Dauscher, Lehrer Dauscher, Gassemeier, Kullick, Herzog, Lehrer Wolf, Lehrer Dehm, Familie Früchtl, Familie Leidel/Dorschner, Wiedenmann und etwas später dort Armanski und Omnibus-Kwitt. Den Bereich „Jahnstraße“ gab es noch nicht. Dieser Stadtteil wurde erst in den 50er- und 60er-Jahren bebaut. Da waren vorher herrliche Wiesen mit kleinen Rinnsalen und vielen schönen Blumen, die von uns für den Strauß zu jeweiligen Muttertag gesucht wurden, sogar Sumpfdotterblumen. Die Rinnsale entwässerten die Wiesen und befüllten den „Oberen Weiher“ mit Frischwasser. Weiter Richtung Stadtmitte: Wohnung von Dekan Bohrer, danach Dekan Seifert, Stellwaag, Zahnarzt Dr. List, Postbote Lehr, Wagner von der Sparkasse, später Häßlein, „Huber vom Graben“ und die Kesslers gegenüber. An der Ludwigstraße die Familien von Rektor Zwingel, Studienrat Hörauf, von Großbauer Großberger, wo Heinz Puschmann mit der Arbeit anfangen durfte.

Viele in guter Erinnerung

Die Heilsbronner Straße herunter: Heinkel/ Wachter, heute Pelk, Gärtnerei Schlegel/Lies, Landwirt Meyer, Schreinerei Friedlein und das Lehrerhaus des Gymnasiums. Hinter dem „Kasten“ das Waschhaus des Pfarrwaisenhauses, dort im Obergeschoss Familie Degenkolb. Gegenüber Schreiner Friedlein, Schreiner Westphal vom Berg und Stadelmann mit Rektor Bachmann. An der Moosbacher Straße war das Pfarrwaisenhaus, nach dem Eschenbacher heute das Johann-Sebastian-Bach-Gymnasium, die Familie Friedlein und dort gegenüber der Murr vom Berg. Der Stadtteil „Karlsbader Straße“ entstand erst in den 90er-Jahren des 20. Jahrhunderts.

Die Heilsbronner Straße auf Höhe des Wasens am Anstaltsberg die Familie Wild mit dem großen Scheunentor, das häufig Treffpunkt gemeinsamer Spiele war (leider steht es heute nicht mehr). Familie Walter, Polizist Kraft, Polizist Schmidt, später Hollenbach, im Erdgeschoss Sparkassen-Müllers, der wie die Schmidts Windsbach später verließen. Dann die Familie des Gasthofs Fischer mit Evakuierten aus Hamburg und Kiel, wobei ich mich an die Genshoffs mit Egon gern erinnere. Dann das Baugeschäft Familie Meyer, im Haus Lehrer Fischer/später Riedel, der Schneider-Beck, Bekleidungshaus, mit den Einquartierten Familie Christ, Juwelier aus Nürnberg, und einem Diplom-Ingenieur Dr. Fischer, der bald mit seiner Familie von den Amerikanern abgeholt wurde, weil er mit Raketenforschung zu tun hatte und mit Wernher von Braun und vielen anderen in die USA geholt wurde. Im Haus war auch die Familie des Architekten Radschun. Dann folgend Metzgerei und Gastwirtschaft Leidel, Schlosser Reuter mit der Tankstelle, Schreiner Ruttmann, Betriebswerk in Nürnberg, Grillenberger/Enser und eine Arztfamilie Dr. Brüggemann, Kaufmann Stadelmann direkt vor dem oberen Tor, auch Rotes Kreuz, in der Altstadt Steinhöfer, Großberger, Sattler Schwarz,

Familien Brunnhübner und Ortner, Leidel/Buechler, Wagnermeister Honold, „Schuster-Beck“ und die Metzgerei Riedel an der Bahnhofstraße. Gegenüber oben der ‚Böhms Schäfer‘ und unten der Uhrmacher Reuter.

In der Hauptstraße erinnere ich mich an die alten Deffner/Grillenberger, die Buchhandlung Kuhnke, heute im OG Dr. Ziener, die Bäckerei Beißer, den Apotheker Volkert, die Flüchtlingsfamilie aus Ostpreußen im OG mit Sohn Fridjoff, das Haus vom heutigen Elektro-Weinl (früher Kellermann), der in der Retzendorfer Straße sein erstes Geschäft eröffnet hatte, den ‚Kroner Schmied‘, Schreiner Wick, den „Oberen Lades“ mit Bäckerei und Cafè, Bauer und Teichwirt Spelter, später Wäscherei, die Spelters Frieda von der Post, Lögler Josef, als Flüchtling mit kleinem Lebensmittelhandel begonnen, Familie Regler, Mutter und Tochter als Leichenfrauen tätig, den „Oberen Gassner“, wo der ältere Bruder Gassner in Schweinfurt bei den Kugellagerwerken Karriere machte, Bruder Heiner neben seiner Agentur längere Jahre in Windsbach Feuerwehrkommandant war, später auch Sohn Norbert, dann die Sparkasse, im Obergeschoss Familie Probst, dann Zimmermann, den „Unteren Lades“, Bäckerei, am Kirchplatz das Kolonialwarengeschäft Schwarz, den Kirchner Meyer und Sensen-Schärfer und Dengler, den Glaser namens Dengler mit Haushaltswaren, die Familie Kwitt, Musiker Großberger und Stadtkapellmeister Volkert. Die Straße weiter unten dann die Schmiede Frank/Löhner, und Landwirt Storz. Und vor dem Tor Bader Cerny. Das Haus Dumbser zur Rezat hin bewohnte früher Kurt Köhler, später BMW in München.

Die Westseite der Hauptstraße von oben (auch mit Gedächtnislücken) Hutmacher Kirsch, Angerer Lebensmittel, Bader Scheuerpflug, Familie Daubinger, Familie Frosch, Käsermeister Steiner, Bäckerei und Lebküchnerei Dauscher, Elektro Heckel, später Café Helmreich, Raiffeisenbank Windsbach, im Haus mit

Familie Haberstroh, Gasthaus Sonne mit Familie Gundel, Uhren Alberter, Drogerie Beitlich, noch im Haus der Vater von Bobby Friedrich, Mitarbeiter bei der Fränkischen Landeszeitung, dann Landwirt Heyde, später Sparkasse, Tuchhändler Schott/Heidenreich, das Haus jetzt in das Rathaus integriert und neu gebaut, Landwirt Wüstner, Zahnarzt Raisin, die Post, Posthalter Familie Schubert mit den Söhnen Franz, Hans und Karl, wobei der ältere als Offizier bald gefallen war, dazu die Familie mit Arzt Dr. Großberger, Elektro Zimmermann, später Zahnarzt Peinl, Metzgerei Körber, Metzgerei und Gasthof Kränzlein, die Familien Herrgott und Hausner, außen vor dem Stadttor der „Untere Gassner"/Eichner mit reichlich vielen Lebensmitteln, Bäckerei mit Holzofenbrot Miederer, Sattler mit Täschnerei Jäcklin, Landwirt Enzner, Familie Milchprüfer Ruß, Schuhmacher Pöttmesser im Gässlein, Familie Hörauf, Zimmerei Steinbauer, dann an der Ansbacher Straße Landwirt Wagner, Sattler Gugel, Spenglerei Harreiß, Familie Rupp und Familie Krückl.

An der Luitpoldstraße Familie Georg Frischeisen, Frau Reuter, Familie Kraus, gegenüber dem Kindergarten und daneben das E-Werk, Leiter Elektro-Großberger, dem der Ingenieur Pöllmann folgte. Im Untergeschoss des Kindergartengebäudes richtete man ein bezahlbares städtisches Wannenbad ein. Oberhalb war im Eckhaus später der Arzt Dr. Luft. An der Bahnhofstraße gab es den „Reser" Stoll mit Schreinerei, die Familie Hiltner, die Familien Fritz Huber und Galsterer, Dentist Graf, Bauwaren-Schwarz, die Ärztin Frau Dr. Dursteller, später Dr. Umlauf, Lebensmittel Koch und Familie Wening, dann Trautner, Auto-Haumann, Familie Bürger, Familie Lehrer Heiß und die Molkerei, die Familie des Baders Großberger, Schreiner Hahn, gegenüber Gasthaus und Metzgerei Halter, Familie Schmidt, im Haus oben Familie Pöllmann, die später im E-Werk an der Luitpoldstraße wohnte, dann Landwirt Familie Forster und im Haus Familie Seegets. Diese Listen erheben keinen Anspruch auf Vollständigkeit.

An der Retzendorfer Straße, früher Friedhofsstraße, ist mir der Ledermacher und „Säcklermeister“ Vogelhuber gut in Erinnerung, wo jetzt seit einem Jahr ein gähnender Parkplatz auf Autos lauert. Bei dem gab es auch Lederhosen. Ich sollte mit acht Jahren auch eine solche erhalten. Also probierte man mir eine fertige an. Die war viel zu groß. Ich sollte da ‚hineinwachsen‘, was sie auch mitspielte. Denn diese Lederhose begleitete mich 18 Jahre lang, im Sommer meistens täglich. Aber am Anfang zog sie mir die Schultern nach unten, und um den Leib herum war sehr viel Luft. Aber so schwer sie für den Kleinen auch war, so wenig Auswahl gab es. Da war im vierten Jahr des Krieges nur eine einzige zur Verfügung. „Die oder keine“, das war die Wahlmöglichkeit.

In diesem kleinen Haus wohnte ursprünglich auch mein Jugendkamerad Martin Schwarz. Daneben dann die Familie Strob, Schuhmacher Hofmockel, Familie Huber, Familie Viehhandel Weigel, der Schuster Vogelhuber und die Polsterei Stünzendörfer. Gegenüber Familie Rühl mit Kaufhaus und heute Bekleidungshaus mit Raumtextilien und Bettfedernreinigung, früher mit Käthe Heinlein zusammen; dann Familie Sparkassen-Strob, Familie Eppler, Elektro-Weinl, Frau Dinges mit Sohn Achim, der Friedhofswart und Totengräber Rupp. Und am Ende der Häuserzeile die Familie Georg Herzog und die Familie Finkenzeller.

Vermutlich habe ich trotz guter Erinnerung noch einige vergessen. Günther Lassmann jedenfalls hat – bald nach Georg Wagner und Herrn Stünzendörfer – das Spitzenteam von Bauunternehmer Meyer verstärkt und sich im Vereinsleben beim Foto-Club Ansbach, beim Heimatverein Windsbach und bei der Elternschaft der Gymnasiasten-Eltern stark engagiert.

In der Kolbengasse war die Hebamme Frau Bess, dann eine Putzmacherin für Hüte, das staatliche Forstamt mit Familie Thoma und später Bieler, dann Familie Herzog, Schuhhändler Turtur, Pferdemetzger Wohlfahrt, die Familie des Busfahrers Balzer, der den Fahrdienst für die Schüler von Neuendettelsau und nach Ansbach ausführe. Viehhändler Finkenzeller, der Herzogs Wagner, Familie Voigt, gegenüber der Bader Turtur, Familie Besenbeck mit Haushaltswaren, der Schuster Rückert, Glaser Dengler mit Haushaltswaren und Familie Lederer und Familie Fischöder. Und im Straßenbogen das „Zweite Pfarrhaus", früher der alte Kindergarten und das alte Feuerwehrhaus. An der „alten" Straße von der Rezatfurt her westlich der Straße zur Brücke vom Süden her die alte „Hummelhaltung" mit Heinkelein, die Häuser der Familien Straußberger und Wittig. Weiter zur Stadtmühle mit Sägewerk Heinlein mit Sägemeister Barthel, der im Krieg Kampfpilot war und zum „Chefpiloten" bei Rochaden der Einheiten des Panzergenerals Guderian wurde, Familie Lämmermann, Familie Köpplinger, Fuhrunternehmen Huber und weitere Bürgerinnen und Bürger.

Weiter außen an der Straße nach Wolframseschenbach wohnte eine Familie Huber, die Irmgard besuchte unsere Klasse, und eine Familie Zwirner, deren Buben uns in den Wäldern „bekriegten". Im Haus neben der Gottesruhkapelle war ein Altersheim für Frauen. Zuletzt wohnte viele Jahre lang im umgebauten Haus mit seiner Frau der Organist, Kantor und ja, auch Komponist mit aufgeführten und anerkannten Werken Emmanuel Vogt. Für Besucher der historisch bedeutsamen Kapelle stand es spontan zur Verfügung. Weiter außen am Stadtrand, neben der früheren Ziegelei, wohnte die Familie Böhmländer.

Am Sandbuck die Familien Scheuerpflug, Krug, die Werkstatt Friedlein, Familie Böhm, Familie Strobel mit Schneiderei Lütgebaucks, gegenüber am Eck zum Sandbuck Familie Hans Beck, Schreinerei, Familie Simon Seegets, Emil Meyer mit Lebensmitteln, Familie Johann Gögelein, bekannt als Fuhrunternehmer mit einem Pferd für die Zufuhr von und zur Bahn, mit Spitznamen „Hindenburg", und Georg Reuter. Die jetzige Raiffeisenstraße hinauf Familien die Henninger, Familie Kunstschreiner Steinbauer mit Rektor Steinbauer, danach Janotta, Großmutter Katharina Köhler, danach der „Holzgarten“, etwas später dort die „Tauschzentrale“, heute Reifen-Röthig, Holzwart Beck, oberhalb der Bahn die Familie des Kripobeamten Mierczwa und Landwirt Strob, darüber das Wohnhaus des jeweiligen Leiters des „Windsbacher Knabenchors“ seit Karl-Friedrich Beringer. Den ‚Leitersbach‘ herunter, heute Raiffeisenstraße: Lackiererei und Malergeschäft Helmut Ruttmann, nochmals eine Familie Ruttmann, Handlungsreisender Heimbrecht, weitere andere, Familie Friedlein/Stötzer, Weberndörfer, Familien Huber, Sperber und Horter. Dann der Lok-Schuppen mit Stand-By-Wohnungen für das Bahnpersonal, südlich des Bahnkörpers die großen Stangenholz-Lager für die Kohlenflöze im Kohlenrevier des Ruhrgebiets, die BAYWA, die Familien Engelhardt mit Kuhnke, dort mit Beginn seines Schreibwaren- und Buchhandels, und die Familie mit Spenglerei Schwarz sowie die Kirche der katholischen Kirchengemeinde. Und Familie Paul Ismann baute eine Autowerkstatt mit Auto-Handel auf.

Die „Untere Vorstadt“ war stark bevölkert. Von der Ecke von der Brücke her in die Spalter Straße der Bauwarenhandel Hagelauer, dann Familie Pfahler, Zwick, der Musiker, Probst und Grillenberger, einige andere und Familie Herbst, Maler Stünzendörfer, Sohn Erwin auch Kunstmaler, Familien Edel, Familie Beß/Hess, nördlich der Spalter Straße sind mir in Erinnerung der Schmied Groß, nach dem Krieg die Gründungswerkstatt von Kunstschlosser Link, Familie Lagerhaus Huber, Gastwirtschaft Scheiderer, Familien Bollmann, Link, Lebensmittel Schwab, Lies und Hermann Pöllmann, Familie Rapp, Farben Strob/heute Cerny, Familien Fritz Huber, Weberndörfer, Fritz Dobler, Familie Dolles, Mauersöder, Rausch, aus Nürnberg, Familie Horst Haumann. Bauwaren Hagelauer-Zwick, Familien Lögler, Witmann, Böhmländer, Seibold, näher an der Mitteleschenbacher Straße die

Familie Huber mit Autowerkstatt und Tankstelle, die Familien Herbst, Grillenberger, Frosch, Hirschmann, Fritz Reuter, Irion, Strauß, Georg Beß, Familie Geißelsöder, Löhr, Martin Maurer, Friedrich Schwarz, auch unser Sportlehrer Walter Dittmann und der Freund meines Bruders Dieter, Klaus Kenzy mit Mutter. Einige habe ich nicht mehr in Erinnerung.

An der Wolframseschenbacher Straße kenne ich noch das Baugeschäft Hagelauer, zuletzt Malergeschäft Scheuerlein, das Bauunternehmen Ulsenheimer, gegenüber das Bauunternehmen Grimm, etwas weiter die Schreinerei Wick und gegenüber den Elektro-Großberger, daneben Link, den Musiker, sowie Familie Transporte-Huber und Familie Huber weiter draußen, fast bei der Gottesruhkapelle, wo dahinter noch ein Altenheim für Frauen war. Danach kam und kommt nur noch das bewohnte Haus der früheren Ziegelei. Evakuiert in der Wolframseschenbacher Straße Familie Zwirner.

Erwähnenswert ist, dass in Windsbach bereits um 1700 bis 1730 ein richtig modernes Gewerbegebiet bestand. Es lag wohl im Gebiet zwischen Stadtmühle und Wolframs-Eschenbacher Straße. Damals wurden bedeutende Gebäude in der Stadt erstellt oder erneuert. Man brauchte Gewerke, die noch nach dem Zweiten Weltkrieg bezeugt sind. Dies sind die Stadtmühle mit Sägewerk, die erwähnten Bauunternehmer, Eisenhandel mit Verarbeitung, später Röschlau, und die erwähnte Schreinerei Wick, mit Meister Wick.

Blick in die Geschichtsbücher

Zwei historische Begebenheiten mit Dokumenten haben indirekt mit Windsbach zu tun, hängen über Umwege sogar zusammen und wirken bis heute. Als die Stadt Nürnberg von den Burggrafen die Burg in Nürnberg – nach Dauerstreit – im Jahr 1427 abkaufte, waren zwei von den 17 Urkundszeugen/ „Mitsieglern" aus Windsbach dabei. Windsbach war da schon seit etwa 150 Jahren Besitz der Nürnberger Burggrafen. Es waren zwei Herren „von Seckendorff" aus Windsbach. Bevor die späteren Markgrafen nach Ansbach umzogen, richteten sie ihren Sitz auf der Burg Cadolzburg ein. Dort ereilte sie der Auftrag, die Verwaltung in Brandenburg zu ordnen, weshalb sie danach Besitz- und Anspruchsrechte in Bayreuth und Brandenburg samt dem Wenden- und Pommernland erhielten und sich danach „Markgrafen" benannten.

Und dort in Cadolzburg unterzeichnete der Amtsträger des Markgrafen, ein Johann Friedrich von Eyb, ‚Herr uf Vestenberg', im Auftrag des Markgrafen eine Urkunde, die für unsere Familie Bedeutung erlangte. Der Mann kam aus Etzenricht (Azricht aus dem Sulzbachischen) bei Weiden, wo seine Familie seit mindestens 1555 ansässig lebte. Dort gab es diesen Namen schon damals auf einer Steuerliste, wie ich dort in einem Heimatbüchlein einsehen konnte – wahrscheinlich zur Gegenreformation aus dem Hochstift des Bistums Salzburg aus dem Mühlviertel in Österreich vertrieben. In Etzenricht sind mehrere Familien aufgenommen worden. Dieser Mann, Johann Georg Frischeisen, hat bestätigt erhalten, dass er von 1717 bis 1719 in Fürth sein Handwerk gut gelernt, sich bei der Arbeit und auch sonst geziemend verhalten hatte, was vier Zimmermeister mit Unterschrift bestätigten. In der Urkunde – wohl auf Antrag nach seinen Wanderjahren – die leider im Original nicht mehr auffindbar ist, sieht man noch die Schlitze der angehängten gewebten Siegel der namentlich aufgeführten Meister. Dem Beglaubigten trug das Sonderrechte ein. Mit dieser Urkunde erteilte man ihm das damals nicht so leicht zu erwerbende Recht auf Niederlassungsfreiheit in schriftlicher Form, eine besondere Ehre. Die Urkunde war für den Johann Georg Frischeisen insofern wichtig, weil er sich anschließend als angesehener Mann in Windsbach niederlassen konnte. Niederlassungsfreiheit gab es nicht. Er heiratete eine Tochter des Friedhofswärters Rupp. Das fand Herr Dekan Seifert einmal in den Kirchenbüchern. Die Familie Rupp bestand dort noch bis nach dem Zweiten Weltkrieg. Und für die Zimmerer Frischeisen werden es in knapp einem Jahr 300 Jahre Zimmerei in der Stadt Windsbach.

Sosehr man über Generationen mit Holz zu tun hatte, der Name Frischeisen ist ein Berufsname wie Schmidt von Schmied und heißt Eisenfrischer, was Härter oder Stähler bedeutet. Noch in den 60er-Jahren gab es in den Stahlwerken in Sulzbach-Rosenberg diese Berufs-Funktion, wie meine halbwüchsigen Söhne Stefan und Peter erleben durften. 300 Jahre ohne Unterbrechung den Namen mit dem Zimmererberuf zu finden, heute Helmut, Sohn Robert Frischeisen mit Enkel Simon, dürfte nicht sehr oft gelingen.

Der Blick aus der Ferne schärft den Blick für das „Daheim"

Gerne denke ich an manche Begegnungen daheim zurück. Ich fühle mich auch trotz räumlicher Distanz immer mitten im „Dazwischen": zwischen dem so sehr geschätzten Kleinteiligen und den Reisen mit Begegnungen in 18 Ländern auf vier Kontinenten, zwischen Windsbach und Weltstädten, zwischen Siegen und Niederlagen, zwischen Erfahrungen und Erleiden, Entmutigung und Hochgefühl, zwischen Pflichten und Sinnen – im Leben reich beschenkt und dafür dankbar. Die gerne und oft verwendeten Werte, selten beim Namen genannt, bleiben die Insignien unserer Flaggen aus dem guten Nährboden besonderer Verwurzelung im „Daheim" dazwischen: Gemeinsinn, Redlichkeit, Anstand, Charakter, Treue, Dankbarkeit, Demut, Rücksicht, Umsicht, Höflichkeit, ehrenhaftes Streben, tatkräftiger Einsatz für Gemeinschaften mit Zukunft, mit Zeit und Raum für Rückzug in sich selbst, ohne sich anderem zu entziehen, sondern geprüft Gutes zu bewahren und Neues zu wagen, mit Kraft Anstrengendes anzunehmen, um Schwieriges zu bewältigen, kann, ja muss weiterführen. Der Geist einer Stadt bestimmt allein, was aus der Zukunft der Stadt wird. In Glas geschrieben steht im Fenster des Betsaals des Studienheims: „Das ist einer Stadt Bestes, dass sie viele feiner Bürger hat". Danach zu streben, lohnt für eine Stadtgesellschaft mit ihrem Umland; so ist jede und jeder dazu aufgefordert und dafür auch ständig eingeladen.

Neubürger mit Mut und Tatkraft

Denke ich an die Eingewöhnung von Neubürgern, vor allem von Flüchtlingen, fallen mir auf Anhieb viele Namen und Berufe ein von Leuten, die schnell anpackten. Etliche haben schon Erwähnung gefunden. Betrachtet man aber die weitere Zeit, stellt man schnell fest, dass es nirgends Probleme mit den Neuen gab. Schnell wurden sie auch in den Stadtrat gewählt, in Elternbeiräte und in Vereinsgremien. Auffällig blieb aber das Engagement im Fußball, der besonders geeignet schien, nach den erwähnten Firmengründungen Beachtung, Achtung und Anerkennung für die Neuen einzutragen. So standen bald Joseph Cerny, Richard Tschampel, Horst Richter, Maas und Galda in der ersten Mannschaft des TSV Windsbach. Besonders beeindruckten dabei der kraftstrotzende Heinz Puschmann und der laute Peter Lögler. Mit dem Ausnahmespieler Raum aus Neuendettelsau hatte ich später beruflich ein paarmal zu tun. Er erzählte mir von Begegnungen mit der Mannschaft des TSV in Windsbach und von einem Gespräch mit Lögler, meist seinem Gegenspieler. „Der Lögler hat mir vor dem Spiel gesagt, dass ich aufpassen sollte und weghüpfen, wenn er, Lögler, verteidigen würde. Wenn ich beim Angriff den Ball führen würde, wollte er zu einem gewaltigen Schlag gegen den Ball ausholen, mich aber nicht verletzen. Er wollte nur Eindruck machen“. Was ihm mit Riesenbeifall der Windsbacher Zuschauer hervorragend gelang. Wenig später kamen dazu Rainer Tschampel, während der Vater schon Trainer geworden war, Hermann Müller, Horbaschek, „der Gummiball Toni im Tor“, Joseph Leibl, der Junge mit der Bombenschusskraft, der kraftstrotzende Heinz Puschmann neben Rudolf und Wilhelm Großberger, Gerhard Huber und Georg Deindörfer und vielen anderen guten Sportlern. Der Fußball sorgte nicht nur für Verständigung, sondern für echtes Zusammenwachsen mit den Flüchtlingsfamilien. Etwas später war das alles völlig normal. Da trafen die Fries‘, Eichner, Hagelauer,

Regler auf die Sandtner, Rainer Tschampel und Hermann Müller, Seidel, Neumann, Drees, Helmut und Peter Peinl. Und alle, ob im Fußball oder im Faustball, empfanden und dachten nur noch als eine ‚Windsbacher Mannschaft'. Windsbach hatte frühzeitig gute Tischtennisspieler wie den späteren Bürgermeister Hess und Udo Schwalm, später entwickelte man den Sport zu einem echten Achtungserfolg in den Tischtennis-Ligen.

Alle genannten Windsbacher, wir alle, haben die Anfänge und das erste Werden und Wirken des inzwischen weltbekannten „Windsbacher Knabenchors" aus unterschiedlicher Nähe begleitet. Für jeden wurde es ein Stück eigenes Erleben, für viele ein richtiger Erfahrungsgewinn. Die „Chorler" selbst haben sich alle immer in diesem Sinne geäußert.

Dennoch empfand ich eine innere Trennlinie zwischen „dem Kasten" mit Gymnasium und der Windsbacher Stadtbevölkerung als nicht so ersprießlich. Daher trat ich meine Aktivitäten zur Minderung dieser Nichtverbindung an und freute mich darüber, dass der Chor des Studienheims trotz seiner inzwischen erworbenen Weltgeltung zur Stadt hielt. Alle Bünde, offene oder noch mehr geschlossene, haben den Nachteil, dass sie sich von anderen abgrenzen, was Abkehr und Abwendung, im schlimmsten Fall sogar Abneigung erzeugt. Das zu verhindern, trat ich aktiv an. Ich war ja „dazwischen", somit auch prädestiniert als ‚Brückenpfeiler'. Möge diese Schrift dazu beitragen, dass in Zukunft noch mehr miteinander gestaltet wird.

Schade nur, dass dieser Spaziergang, besser noch, dieses nachdenkliche Bummeln oder Gondeln durch Ort und Zeit mit etlichen kurzen und längeren Ausflügen durch schwierige Jahre mit Abbruch, Umbruch und Aufbruch, mit Pendeln zu den vielfältigen Plätzen und Punkten, nicht mehr alle persönlich erreichen kann: etliche Freunde, Nachbarn, Verwandte, Spiel-, Sport- und Klassenkameraden schon aus der Volksschule und dann aus dem Gymnasium, viele betroffene Bürger und Bürgerinnen aus der Stadt und dem nahen und weiteren Umland, Besucher und Gäste der Stadt und des Umlandes, Beschäftigte in dieser Stadt aus anderen Orten, städtische Mitarbeiter und mitwirkende Stadtratsmitglieder, sehr viele Freunde Windsbachs, der Bevölkerung verbundene Studienheimschüler, Lehrpersonal an allen Institutionen und besonders viele stark engagierte Choristen, insbesondere Hans Thamm. Vielleicht ist jemand bereit und in der Lage, diesen allen die freundschaftlich gemeinten Zeilen – natürlich nur gut verpackt – aus dem KERNLAND FRANKEN in den Himmel mitzubringen.

Sicher ist Verwurzelung in der Heimat mit allem, was Heimat ausmacht, als Wert an sich vorstellbar geworden. Eine Heimat verändert sich je nach Entfernung von ihr: In Rothenburg ob der Tauber oder München nenne ich Windsbach meine Heimat, weil sie meine Geburtsstadt ist. In Berlin oder Hamburg vielleicht Mittelfranken oder Bayern; in Paris oder Mexiko sagte ich „Deutschland" und in Shanghai ganz stolz: „Europa".

Heimat, weit mehr als Stadt und Gegend, mehr als Menschen und Umfeld, wurde uns allen zum Ausgangspunkt für Rückblick, Einblick, auch seitlich ausblickend, Weitblick, für Rücksicht und Einsichten. Ob man seine Heimat schätzt, rein geographisch oder mit den Menschen und allgemeinen Ansichten und Bestrebungen, bleibt Herzenssache und vernunftbasiert. Sie existiert einfach, wie sie ist und sich jeweils entwickelt. Sie ist es auf jeden Fall wert, sich ihr zu widmen, sich zu ihr zu bekennen, Kleinteiliges und Großzügiges, Historisches und Aktuelles zu beachten, die Bewohner genauso wie Gebäude oder die Natur. Mir bleiben die Menschen, ihr Trachten und Machen, die Eindrücke aus der Landschaft mit den Idyllen und schönen Erinnerungen ein Teil meines Seins. Je mehr ich im Leben „einsaugte“, an Erfahrung und mit Bildern gewann, gelang es mir, meine Wurzeln zu erhalten, den Glauben, Gedanken daran, mit den Menschen verbunden zu sein. Sitten und Gebräuche zu kennen und zu achten, Reihen von Geschehnissen in meinen Erinnerungen zu bewahren, ist mir reicher Gewinn im Leben. Daraus schöpfe ich Kraft für aktuelle Aufgaben, denen ich noch immer nachgehen darf. Daran wollte ich alle in vielfältiger Weise gerne teilhaben lassen. Wer nachdenkt, denkt damit nicht rückwärts.

Unserem Hans Maurer, Staatsminister a.D., gebürtigem Moosbacher nahe Windsbach, gebührt großer Dank für sein echtes Bekenntnis zu seiner Heimat. Sein Buch ist mir jetzt am Ende meiner Aufzeichnungen, rechtzeitig für diesen Dank, geschenkt worden.

Ein sich Bewusstmachen seiner Herkunft mit einem Bekennen zu ihr macht Heimat zum Hafenbecken für vertieftes Heimkommen. Nicht wie bei Walther von der Vogelweide, dessen Geburtsort nach überzeugendem Forschungsergebnis in der Nähe von Zwettl in Oberösterreich liegen dürfte, wohin er als älterer Mann wieder einmal gegangen ist und sich über das heruntergekommene „Nest“ geärgert hat – nein: alles Geschehene und Gewordene auf sich wirken zu lassen, nicht alles gutheißen zu müssen, aber als Teil seines eigenen Ichs zu akzeptieren, macht Wurzeln stark. Zurückzuschauen, sich umzuschauen, Seitenblicke nicht zu vergessen, Einblicke zu suchen und Durchblicke anzustreben, macht die Herkunft, auch das Heim der Schüler im Studienheim Windsbach und den Knabenchor zur Startrampe für Zukunftsfähigkeit. Sie versöhnt mit vielem und verbindet Gegensätzliches wie „Chor“

und „Lärm“ zu einem unverwechselbaren, unveränderlichen persönlichen Ursprung mit Perspektiven. Heimat in seiner ganzen Bedeutung wird für jeden zur selbständigen Persönlichkeit. Das sach- und personenbezogene, nicht nostalgisch schwelgende Eintauchen in Erinnerungen kann nicht nur sehr viel geben, sondern macht ein Schlendern zu besonderen Orten und Stellen sowie zu wiedererkennbaren Zeitpunkten mit Erinnerungsposten zum gemeinsamen Versuch für mentalen Denkmalschutz mit Herz.

Heimat sehe ich nicht nur als Erinnerungsposten mit Positionen des oft nur halbwegs Mitbekommenen, nicht nur als Wohlfühlort in einer begrenzten Zeit mit den Menschen des Miterlebens, dem Erfahrungsschatz des Mitfreuens und Miterleidens im Werden.

Heimat erwächst erst durch aktives sich Einbringen, sich Einfügen, Mitmachen mit dem Beitrag eigenen Könnens. Dazu braucht es Aktivität genauso wie innere Ruhe zum Selbstfinden, Ausruhen mit Nachdenken, Lesen, Malen, Hören, Schauen, Musizieren, Singen, Genießen, Auf-sich-einwirken-Lassen von Licht, Strahlen und Stimmungen.

Aktives bewusstes Ausruhen ist wie ein Niederknien in Startlöchern zu neuen Taten.

Auch Bildung braucht einen Zwischenstart. Wie das Begreifen einer gelebten oder der neuen Heimat ist sie zuerst eine Einladung an alle. Aber dieses Angebot zu einem Mittun braucht auch die Annahme des Angebots, eine Bereitschaft und die Fähigkeit zum Mitleben und Mitlernen, um die Räume zu füllen, die die Hülsenwörter bieten. Um eine Fähigkeit zu erkennen, ist eine Art Prüfung nötig, wie eine Aufnahmeprüfung für einen elitären Chor. Auch der Heimat kann man ebenso wenig alles Denkbare aufdrücken. Wenn nun die Bereitschaft zu mehr Gebildet-Werden fehlt, es an Einsatz und Zähigkeit dafür mangelt, können die besten Bildungsangebote doch nicht greifen. Eher zögerlich Gebildete können nur schaler Durchschnitt werden. Heimat und Bildung brauchen aktive Beteiligung, eine Identifizierung mit den Zielen einer Bildungsgemeinschaft, wie es ein „Wohlfühlort Heimat mit Windsbacher Knabenchor" ist. Nur so kann gewünschte Dynamik entstehen, die jede Gemeinschaft für eine tragfähige Zukunft braucht, ob im Kleinen oder im Großen.

Doch darf der Blick der „reifen Jugend", wie ich uns nenne, die Ziele jüngerer Menschen nicht verdunkeln. Ihren Erfolg gewinnen sie wie wir aus stets mühevoll bestiegener Leiter auf belastbaren Sprossen. Wo eine Sprosse krachte, fiel man wieder zurück. Wenn man zu weit auf nicht haltbaren Sprossen stieg, konnte man über mehrere Sprossen zurückfallen und zerschmettert liegen bleiben. „Nur wer immer strebend sich bemüht, den können wir erlösen!" (Johann Wolfgang von Goethe, bei „Faust", seinem größten Werk). Das bedeutet exklusives Einfordern jedes dieser Punkte. Das bieten „die Mächte des Schicksals" unerbittlich als Erfolgs-Voraussetzung und Rezept nur denen an, die jedes Wort davon immer beachten und befolgen. Der Windsbacher Knabenchor kann ein Lied davon singen.

Herrn Thamm traf ich das letzte Mal in der Stadtapotheke in Windsbach. Er klagte über sein Augenlicht und die wenig gelungenen Operationen, jammerte aber nicht.

Sein Reden, Sprechen und Gehen ließen nichts davon erahnen, dass er schon wenige Monate später von dieser Welt Abschied nehmen müsste. Beherrschtheit, Haltung mit Stil und Niveau, mit ungebrochener klarer Stimme, blieben die Markenzeichen seiner Erscheinung. Daher ist er auch nie wirklich „gegangen", weil er nicht nur uns erhalten bleibt, die wir, wie alle anderen, überall nur zeitweise „dazwischen" sind.

„Zwischen“ allen Stühlen?

Ein „Dazwischen“ birgt immer auch die Gefahr, zwischen zwei Stühle zu fallen oder zwischen allen Stühlen zu versinken. Weil dies aber nicht zu meinen Erfahrungen gehörte, ist die Frage erlaubt, warum mir solch ein betrübliches Schicksal erspart geblieben ist. Wohl deshalb, weil ich mich offen in jede Richtung gab, ohne mich zu vergeben; mich einbrachte und engagierte und auch dann Stellung bezog, wenn mir etwas aus dem Ruder zu laufen schien. Und weil ich meine Bindungen nie verraten habe, wenn auch öfter nur sporadisch und auf jeweils kurze Zeit praxisnah erhalten. Ich sehe und fühle mich standfest und gut aufgestellt. Mir war der Respekt wichtig; möglichst allen anderen gegenüber, die Selbstachtung zuerst zementierten. Mein Tun und Mitmachen musste nicht jeder loben. Irgendwie sind immer wieder Entscheidungen nötig, um sich zu positionieren. Auch aus der Ferne interessiert mich das Geschehen zuhause. Nichts war mir egal, niemand unwichtig. Teilhabe muss mit Teilnahme erst unterlegt sein.

In einer Zeit, in der ein negatives Testergebnis etwas Gutes bedeutet (Pandemie), in der mitten in Friedenszeiten Existenzen vernichtet werden und die Unbeeinträchtigten von Solidarität faseln, habe ich mich bemüht, der Versuchung zu widerstehen, einer weinerlichen Nostalgie zu folgen, einem Trend zu rechthaberischem Hinterher-Narrativ Rechnung zu tragen, einer wie immer gearteten Sentimentalität zu huldigen und einige Gemüter zu malträtieren mit der Allerweltsweisheit eines bekannten Liedes: „Doch die Juhugend, die kommt nicht mehr“. Nur oder schon 75 Jahre nach einer unheilvollen Zeit, in der wir noch große Poster auf Papier an Bahnhöfen und anderen öffentlichen Gebäuden vor Augen hatten mit der Aufschrift: „Vorsicht! Feind hört mit!“ oder „Räder müssen rollen für den Sieg!“ Wenn man Angst hatte vor dem

Postboten, der die Straße entlangkam, Angst hatte, er könnte zum eigenen Haus kommen und eine Nachricht nicht vom, sondern über den Vater bringen, war man an Anweisungen, Verordnungen und anderen „Bääkanntmachungen“ per Ausscheller gewohnt. Aber die Politik mit sich widersprechenden Aussagen und Forderungen verlangt heute ein hohes Maß an Geduld mit dem und Verständnis für den Staat, der sich der Freiheit verpflichtet hatte.

Dies ist ein anderer Feind als der, als man den Gartenboden aushob, um Kisten oder Koffer mit Wichtigem und etwas Essbarem zu vergraben. Schon als Zehnjähriger musste man stundenlang nachts im Garten auf dem Bauch liegen, aufpassen und horchen, ob jemand lauschen könnte. Während die Mutter grub und schaufelte, war man Wachposten. Da war für Fröhlichkeit und Späße überhaupt kein Raum. Man hing am Volksempfänger, dem üblichen Radio, wo öfter Lieder, auch aus Operetten, gesendet wurden, aber noch öfter Marschmusik nach den plötzlich angesagten Meldungen: „Das Oberkommando der Wehrmacht gibt bekannt!“ Wir Kinder kannten die zurückweichenden Frontlinien. Und in den Aprilwochen des Jahres 1945 hörten wir die immer näher rückenden Kanonenschläge der schweren Geschütze von Westmittelfranken her, Tag und Nacht und immer lauter. In unserer Küche hing eine Europakarte mit Ländern bis Nordafrika und zum Ural. Dort zeichnete unsere Mutter die Frontlinien ein. Vorwärts rot, rückwärts blau. Zuletzt nur blau. Und wir Jungen standen vor dem Eintritt in das „Jungvolk“. Immer wieder schrie einer aus Berlin in die Mikrophone, hieß die Heldentoten rühmen und die Wunderwaffen sehr bald auf den Feind einschlagen. Weichheiten seien Verrat und todeswürdig. „Bis zum letzten Blutstropfen“ hätte man durchzuhalten. Bald auch die Familien zuhause.

Doch eine Rede zog mir alles aus. Er redete davon, dass, wenn dieser Krieg verloren würde, dies die Deutschen nicht anders verdient hätten. Danach saß ich platt auf dem Sofa. Hatten wir nicht alles getan, um zu helfen für einen Sieg, hatten Entbehrungen auf uns genommen, Väter verloren und uns vor dem Ärgsten in lächerliche Sicherheiten verkrochen? Hatten wir als Kinder nicht auch für ihn gebetet, zuerst für Papa und das Vaterland? Und nun dieser knallharte Abstand zu seinen „Volksgenossen und Volksgenossinnen"? Damals wurde erstmals der weibliche Teil des Volkes extra gewürdigt, als ob er vorher nicht dazu gehört hätte. Das hat einer Radikalisierung keine Bremsscheiben eingebaut. Ob man künftig Menschinnen, Leutinnen, Gästinnen, Hohl- und Wirrkopfinnen sowie Deutschinnen sagen muss, am Ende sogar Fremdinnen und Roboterinnen, das mögen andere wollen. Für meinen Teil werde ich auch künftig keine Pfützen am Wege suchen.

Das ist wohl das Ergebnis aller Radikalität: eine Gefolgsschar und dann Massen hinter sich bis in alle Uferlosigkeiten führen, sich dann eine Art schnöden Restruhm erschleichen, und zu sichern, was man retten wollte. Aber auch das Recht, seinen Gefolgschaften einen Tritt in den Hintern zu versetzen, wenn mit dem Opfern unmenschlicher Tragödien meist gewaltsam eroberter Ruhm ausbleibt. Die Historie ist voll davon. Wie es den Verführten dann ergeht, sieht man nicht mehr. Man ist weg.

Dazu gehörten aber immer auch die Vollmaskierten, denen nicht nur Mund und Nase, sondern auch die Stirn des Mutes und des Denkens vermummt war, sogar die Augen bloß für das frei, was man sehen wollte; nur die Ohren für Einflüsterungen von den falschen Seiten offengehalten, bis es krachte und alles zusammenfiel. Radikalismus ist immer der Totengräber eigener vernünftiger Ziele, rücksichtslos und unreflektiert. Erkennbar in: „Der Zweck heiligt die Mittel!". Kein Zweck kann aber irgendetwas „heiligen". Mit diesem Motto wollte man schon zu allen Zeiten alles rechtfertigen. „National“ und „sozial“, „Religion“ und „Ökologie“ sind gut; der intolerante, maßlose -Ismus wirft alles über den Haufen. Das gilt auch für Beliebigkeit.

Geschützdonner vor dem Haus

Als in der Nacht nach der Besetzung Windsbachs vor unserem Garten an der Rother Straße aus mindestens drei schweren US-Geschützen ein Höllenlärm mit Donnerschlägen veranstaltet wurde und Feuerschein für Sekunden – eine halbe Stunde lang – die Nacht zum Tag erhellte, während wir aus dem Schlaf gerissen um den Bestand unseres Häuschens bangten, weil die Kanonenschläge es zum Erzittern brachten, beherrschte urplötzlich blanke Angst mit sichtbarem Schlottern unserer Knie die Familie. Furcht statt Hunger wurde zum Grundnahrungsmittel jener Tage. Die entfernten dumpfen Granaten-Einschläge verrieten die Zielrichtung der Artillerie: den Höhenzug von Obererlbach nach Oberhöhberg. Man musste mit Gegenwehr der deutschen Resttruppen rechnen und mit Granateneinschlägen bei uns. Da machten wir, die reduzierte Familie, uns erst klar, dass sich die US-Truppen das Lazarett mit den verwundeten deutschen Soldaten dahinter als Geißel gedacht hatten. Für eine Geschützstellung hätte es bessere Abschussstellen gegeben. Ohne es rechtzeitig zu ahnen, waren wir mit allen direkten Nachbarn plötzlich zur Zielscheibe für einen möglichen Gegenschlag der deutschen Truppen vom Zielgebiet dieser Kanonen hierher geworden. Mit der listigen Annahme, „die Deutschen“ würden wohl kaum auf ihre eigenen Verwundeten im „Kasten-Lazarett“ mit uns davor schießen, waren wir unversehens mitten in einem Kriegskampfgeschehen. Schon früh im Leben einfach „dazwischen“! Wegen strengster Ausgangssperre hätten wir nicht einmal mehr in unseren Keller flüchten können, weil wir den nur von außerhalb des Gartens betreten konnten. Der Kelch dieser höllischen Bedrohung ging damals „mit stärkster Hilfe von ganz oben“ an uns vorbei, auch an den verwundeten Insassen in den Betten des Kastens mitsamt dem schönen Betsaal.

In diesem Saal durften die Sänger der ersten Stunde ihren ersten Vortrag abhalten.

Wer hätte damals gedacht, dass daraus einmal dieser „Windsbacher Knabenchor“ entstehen, in diesem Ausmaß wachsen und erblühen könnte.

Der Wiederaufstieg

In dieser Zeit der dann noch größeren Knappheiten nach dem Krieg war Heiterkeit kein Thema. Etwas Auflockerung mussten wir jungen Menschen nun schon selber besorgen: mit Spielen ohne Spielzeug und Veranstalten durch Rufe zum Mitmachen.

Das bedrückende Dauergefühl hat sicher mein Aufatmen in diesem Text mit beflügelt.

Den jetzt lebenden Freunden, Bekannten und Verwandten, all den Nachkommen der nicht mehr Lebenden, allen Altersgenossen, Chorsängern aller Jahrgänge seit der Gründung des Windsbacher Knabenchors mit all den Leitern und Begleitern, allen Schülern des Gymnasiums Windsbach und der Volksschulen, der Mittel- und der Musikschule, den Bürgerinnen und Bürgern des Stadtgebietes Windsbach und darüber hinaus in Nachbar-Kommunen, der kommunalen Vereinigung KERNLAND FRANKEN, dem FRÄNKISCHEN SEENLAND, allen Freunden Windsbachs und des Knabenchores, Besuchern und Neuen in der Stadt und der ganzen Region, möchte ich mit diesem gern begleiteten lockeren „Spaziergang" durch Zeit und Ort des Geschehens einen belastbar fundierten Rahmen für ein bleibendes, vielfältiges Heimatbild vermachen.

Mir ist daran gelegen, einer mir immer verbundenen strebsamen Jugend einige Fingerzeige für das eigene Fortkommen auch in schwierigen Jahren zu übermitteln. Es lohnt sich, hart am Wind zu bleiben. Hans Thamm hat es uns allen vorgemacht.

Zwischen unterschiedlichen Bestrebungen, Ansichten, Zielen und Methoden zum Erreichen von Zielen zu sein, ist nicht das Problem, auch nicht die unterschiedlichen

Interessen und persönlichen Voraussetzungen. Jeder ist für sich zuständig und für andere mit. Und jeder ist an seiner Stelle wichtig und gefragt. Bedeutsam ist die Einstellung zum Gegenüber, zum Umgriff und Umfeld. Es gilt Positionen zu beziehen zwischen ehrbarem Erstreben, einem eigenen Irren und vielfachem Irrsinn, Unsinn und Widersinn, was einem auch jetzt begegnen kann. „Stumpfsinn, Stumpfsinn ist mein Vergnügen, Stumpfsinn ist mein Gewinn", summte ein mir sehr Nahestehender, wenn er sich über einen nicht allzu knappen Vorrat an Unverstand von Entscheidern ärgerte. Dabei ist Mangel an Durchblick so gar nicht auf nur weniger hohe Bildung zu verorten. Verweigerung von Einsicht gilt sogar öfter als höher angesiedelt. Ein eigenes Erlebnis kann wohl als unübertrefflich erkannt werden. Man lehnte ein fertiges Konzept für die Entwicklung einer Kommune nicht nur ab, man wollte sich nicht einmal mein Konzept darstellen lassen (Schwarzwald). Man äußerte tatsächlich, dass man sonst noch von einem kompetenten Profi überzeugt werden könnte, was ganz sicher nicht gewollt wäre. Dreieinhalb Jahre Vorarbeit mit interessantestem Ergebnis für den Ort und Zusagen aller geworbenen Beteiligten war es den Leuten nicht wert, sich die „rund" gefügte Konzeption anzuhören nach dem Motto: „Ich gehe nicht zum Arzt, weil die Gefahr besteht, dass der mich am Ende gar heilen könnte." Tatsächlich plädierte man stattdessen für eine Blumenwiese oder große Solaranlage – meine eigene ‚falsche' Investition.

Ein von uns Schülern hochgeschätzter Lehrer am ThG, OStR Joseph Mayr, bei uns für Geschichte und Latein, machte uns drastisch klar, wie sehr wir alle „dazwischen" stehen und an jeder Stelle einer, ja, unserer Verantwortung gerecht werden müssen. Mitten im Unterricht, als draußen gerade ein Wolkenbruch vorbei war, rief er in die Klasse: „Meine Herren, drehen Sie sich um und schauen Sie zum Fenster hinaus" Wie bitte?? – „Dort draußen arbeiten Altersgenossen von Ihnen und pflastern fast bei jedem

Wetter den Gehsteig. Sie aber sitzen hier im Trockenen und haben vielleicht einmal gar noch Gelegenheit zu studieren. Dafür haben Sie die lebenslange Pflicht zum Kämpfen gegen die Dummheit – vor allem bei manchem Gescheiten, auch wenn dieser Kampf absolut aussichtslos zu gewinnen ist!". Das saß. Dem Mann übertrug man später die Leitung des größten Münchner Gymnasiums. Und wir? Haben wir das auch alle behalten und beachtet? Sind wir zu Kämpfern für das Gute geworden oder haben wir uns verkrochen?

Oder lassen wir uns wieder von „Anspruchs-Eliten" verführen, machen wir uns vor uns selbst und vor Europäern lächerlich mit einer selbst gestrickten „Sprechhoheit", die einem früheren Machtmonopol folgt, als neben den Volksgenossen gleich noch Volksgenossinnen in Ansprachen angeschrien wurden? Gehen wir Leuten auf den Leim, die künftig auch Menschinnen, Leutinnen, Gästinnen, Fremdinnen, Schöninnen sagen lassen wollen? Am Ende gar noch Computerinnen? Wollen wir uns weltmeisterlicher Lächerlichkeit preisgeben, weil Deutschinnen ohne ihr *innen unzufrieden sind? Seien wir Manns genug, um solche Absturzfahrten ins Alberne da noch abzubremsen, wo es möglich scheint. Sonst schießen Frauenrechte sich noch in die eigenen Knie.

Hat man denn nicht bemerkt, dass diesem Treiben keine einzige andere Nation folgt? Oder sind wir wieder so weit zu sagen: „Am deutschen Wesen soll die Welt genesen!"?

Dann freilich sind wir Deutschen wieder einmal zwischen allen Stühlen, so wie gehabt.

Dass wir mit neuen Spritsteuern das Klima der Welt retten können, glaubt eh niemand. Wir Deutschen wollen uns wohl amputieren zu wirtschaftlicher Unfähigkeit für Besseres.

Aber dem setzen positiv Denkende mit viel Einsatz gutes Zukunfts-Potenzial entgegen.

Worauf kommt es wirklich an?

Wir dürfen uns glücklich schätzen, dass vor uns andere manchmal mehr und tieferes Denken und Nachdenken geübt haben. Die Redewendung von den „alten Ägyptern“, „alten Griechen und Römern“, die „schon“ das und jenes gekonnt haben, ist eher beleidigend. Sagen Sie mal Ihrem Vater, er hätte ‚schon als Junge eins und eins zusammenzählen können‘. Wir haben doch von Vordenkern gelernt – oder auch nicht.

Wir erinnern uns: „Gnooti sauton!“ „Erkenne Dich selbst!“ war eine Forderung an die eigene Entwicklung. Was macht Dich aus? Wo sind Deine Stärken und Grenzen? Wo Deine Schwächen, die Dich – mit Gefahr für andere – zum Stolpern bringen könnten? Wo Deine Einfügung in Gemeinschaften? Wie Deine Fähigkeiten für andere ausgeprägt? Aus welchen Wurzeln kannst Du Kraft ziehen und damit Nutzen auch für die anderen stiften?

Reicht Wachsen oder Hineinwachsen, Warten auf Lücken für Chancen statt einer sehr bewusst vorgenommenen persönlichen Entwicklung? Schmalspur-Eliten-Dasein? Sollten wir nicht sehen, dass auch „Führen“ neu gedacht und praktiziert werden sollte, um allzu gern praktizierte Fehler zu vermeiden? Aber: Was ist denn ein Fehler? Haben wir das je gelernt oder benennen wir dafür nur Beispiele? Wie steht es überhaupt mit dem Definieren-Können als Voraussetzung für jegliche Klärung und die Vermeidung auch von böswilligen Missverständnissen? Wir reden von Gemeinschaften selbst dort, wo man eher von Gemeinheiten im Ringelspiel sprechen könnte.

„Panta rei“ (alles ist immer überall in Bewegung), wird für ein Wunschdenken öfter verdrängt, so als ob man Weihnachten festhalten könnte. Haben wir uns schon einmal klargemacht, dass Gebirge, Riffe, Seen und Flüsse nicht das Werk einer Schöpfung an einem

Tag waren? Dass Sand nicht in tausend Jahren zu Sandstein wird? Und Gebirge aus Kalkstein aus den Ablagerungen von Jahrzehntausenden an einem Grund eines Urmeeres sind? Stehen Kalkgebirge dann nicht wie auf einer Mulde des Meeresbodens, nur eben erodiert und abgewaschen und unten wie aus einer Mulde gerundet? Heute als Felsen, die früher Meeresgrund waren? Wie tief wären wir dann heute unter Wasser? Oder schieben sich nicht doch auch die Erdteile und Meere ständig anders? Was folgern wir daraus? Wie verändert sich unser geografisches Wissen, dass unser Kontinent Europa „früher einmal" viel näher am Äquator lag? Warum halten Palmen einem Sturm stand, ohne zu brechen? Warum und wo fehlen die Fichten, Föhren, Araukarien und Pinien? Wann und warum haben Farne im Erdaltertum ausgedient?

Wir wissen noch viel zu wenig über unser Gewordensein, noch weniger über das noch über uns Kommende. Auch dafür gibt es ein weltbekanntes Wort aus dem antiken Griechenland.

Erstaunt es nicht, dass Menschen auf allen Kontinenten ihre eigenen, aber ähnlich hohen Entwicklungen genommen haben? Zukunfts-Skepsis hilft dafür nicht weiter.

In allen Zeiten mussten zuerst die Probleme der Gegenwart bewältigt werden, auch die, die für die jeweiligen Jungen zum Tragen kamen. Dafür opferten Ältere Lebenszeit und ein angenehmes Leben. Da liegt der eigentliche Unterschied zu den Altvorderen.

Haben wir uns klargemacht, dass ein Schmelzen der Eismassen am Nordpol den Golfstrom zum Erliegen bringt und uns Europäern ein ganz anderes, viel kälteres Klima bescheren könnte? Dass das Tauen des Permafrost-Eises der Atmosphäre so viel an Gasen mit lebensvernichtenden Stoffen bringen könnte, dass wir täglich an Dinosaurier erinnert würden? Dass wir heute Prognosen über neue riesige Wüsten in Spanien erhalten, woran Menschen nichts ändern können, auch nicht mit noch so viel „Zurück zur Natur"? Haben wir bemerkt, dass Menschen immer mehr Technik „können", aber im Geistigen kaum Fortschritte erzielt wurden? Haben Wissenschaftler Recht, die davon schreiben, dass seit 200 Jahren nichts mehr wirklich neu ist auf diesen Feldern der Geisteswissenschaften? Wo bleibt der Ansatz zur Besserung auf diesem Gebiet?

Dafür rauschen die Raketen inzwischen zum Mond, zum Mars und weiter ins All, unsere Gentechnik in die Kriminalistik, unsere Medizin fast bis zum Kunstmenschen. Reicht uns das? Diese Fragen richten sich an unsere Jungen, deren Betonung des Klimas oft kindlich wirkt. Vor allem, wenn man von „Rettung" mittels Steuern und Radeln redet, um die Menschheit mitzunehmen auf einen holprigen Weg, der Machbarkeit vorgibt.

Sind wir uns aktuell dessen bewusst, dass seit siebzig Jahren weltweit mehr gebaut wurde als in der gesamten Menschheitsgeschichte bisher zusammengenommen? Dass unser Lebensstandard damit – und aus der Globalität des Mittuns – direkt zusammenhängt? Dass wir Menschen imstande sind, jede Woche eine Tierart aussterben zu sehen, ohne dass uns das mehrheitlich arg berührt? Dass wir dabei sind, die Meere zu „überfischen"? Dass alle Bodenschätze irgendwann zu Ende gehen? Suchen wir deshalb schon auf dem Mond? Oder noch weiter weg im All? Oder bemühen wir uns erfolgreich um Alternativen?

Ist das kritisch gemeinte Wort von der Globalisierung nicht fast schon eine Untertreibung, wenn Menschen sich schon so weit draußen um Neues bemühen? Oder will man eine globale Welt zurückdrehen, um Schutz vor einem Mitmachen-Müssen im Wettbewerb und beim Verdienen zu ergattern? Wollen wir geistige Stadt- und Dorfmauern, ja Staatsmauern zu unserem Schutz errichten? Aber was kommt dann zu uns herein?

Andererseits: Hat es Globalisierung nicht schon immer gegeben, ein Streben der Menschen in technisch und geistig erreichbare Fernen, um Wissen und Vorteile zu mehren? Haben nicht Religionen ihre Möglichkeiten der Verbreitung daraus geschöpft? Globalität wird, so gesehen, zum Baustein der Zivilisation.

Werden wir der veränderten demografischen Entwicklung „gerecht"? Der Migration? Dem Verbrauch an Nahrungsmitteln und Energien? Den Anforderungen an ein Mittun?

Wachsen die Fliehkräfte nicht sogar in Gesellschaften und Vereinigungen aus Kräften der ‚Selbstfindung' und gewonnener elitärer Sicherheit, was zur Amputation geübter Tradition mit Auflösung von gemeinsamem Erleben, ‚mageren' Vereinen führen muss?

Endet ‚Solidarität' im engeren Machtbereich? Was wird, wenn sie global gedacht wird?

Oder wird es nötig sein, auch unser Denken neu einzurichten? Zu erkennen, dass es mit der erfreulich verlängerten Lebenserwartung auch kohärente Nachteile in Kauf zu nehmen gilt? Aber auch neue Chancen für ein Miteinander entstehen? Dass eine soziale Einstellung weltweit auch glatten Verzicht bringen würde und die Vermeidung von Konflikten ein Schulfach schon im Elementarunterricht ergeben müsste, das eine Kommunikation als Friedensfach be- und ergreift? Und nicht „social media" so zur unsozialsten Kommunikation emporwuchern lässt? Sind wir unfähig geworden, die Vereine mit Leben zu füllen, weil man sich mit „Knöpfchen" fast schon „Köpfchen" ersparen kann? Brauchen wir wirklich jetzt schon ein Ministerium für Integration und Inklusion? So viele Ämter für alles und jedes? Und alle suchen den Beweis ihrer Existenzberechtigung im Bremsen der Aktivitäten von „Lokomotiven"? Sind Störer nun bloß aktive Aktivisten oder bewusste Schädiger? Gibt es einen Paragraphen in jedem Strafgesetzbuch, der „böswilliges Missverstehen“ bestrafen lässt?

Können wir uns nicht vorstellen, dass alle eingleisigen Karrieren und Berufswege einst unbezahlbar werden? Von der Schulbank zur Abgeordnetenbank mit „Parken“ dazwischen in irgendeinem Amt, und wieder zurück, sogar befördert in Abwesenheit vom Beruf? Könnte es sein, dass es künftig keine Sonderprivilegien bei denen gibt, die am meisten von Angleichung, Nachholbedarf und Solidarität reden, aber das Gegenteil für sich gerne herausholen möchten, gar aktiv anstreben? Man könnte da schon etwas „altersskeptisch“ werden, grantig oder missmutig und an der Zukunft verzagen!

Wenn, ja, wenn da nicht die kämpferische Einstellung derer wäre, die ein „Trotzdem“ neu in Betracht zögen. Die Chancen könnten im Weiterdenken, Sich-Hinterfragen, im Nachdenken und sich Einbringen auf festem Wurzelboden ausfindig gemacht werden.

Hier darf sogar rentierlich gedacht werden. Mitmachen dabei könnte sich für alle lohnen, wo der Ernst der Lage erkannt wird, um Zukunftsfähigkeit zu erzeugen und zu erhalten. Wer nachdenkt, denkt nicht rückwärts. Gerade die, die unseren Stand der Dinge, den erreichten Aufbau, mit diesem Wohlstand aus Leistung, Rückhalt, den Haushalt, ja unsere Existenz in Europa bedrohen, sollten wir besonders gut im Auge behalten. Plakative Forderungen haben alle auch Rückseiten. Jugend „muss Zukunft“!

Gefahr für Bestand und Sicherheit, gesellschaftlichen Frieden und Existenz-Chancen besteht immer. Sie ändert sich nur in Wahrnehmung und Umfang sowie im Bedrohungs-Potenzial. Sowohl bei Klima, Weltgerechtigkeit und Segen durch maßvolles Regnen ist die menschliche Macht begrenzt. Menschen müssen, jeder und alle, als Gesellschaft sich vom Versorgungsdenken verabschieden.

Wir müssen durch neu verstandenes Leisten die Probleme bewältigen. Und dies verlangt ein Mittun aller, ‚sozial' richtig verstanden.

Bundeskanzler Konrad Adenauer sagte, da öfter belächelt: „Jetzt ist die Situation da!"

„Bewältigen!" heißt die Aufgabenstellung, nicht „Bremsen, Abschirmen, Verhindern".

Wir drehen die Weltkugel nicht rückwärts. Wir wollen doch die Wohlstands-Teilhabe aller.

Agenda: Was müssen wir selber dafür einbringen?

Nicht ‚oberlehrerhaft' gedacht, sondern aus der Erfahrung eines Älteren: sein Pflichtenheft:

Historie beachten und wenigstens ein wenig davon mitnehmen

Traditionen wertschätzen und achten, besser noch: pflegen

Glauben achten und mitmachen, den Glauben anderer respektieren

Respekt zeigen, solange er nicht selbsttorverdächtig verwirkt wird

Einsatz für geprüft Gutes bringen; passiv ist nur ein ‚Abstandler'

Lebensweise anpassen und gemeinschaftsdienlich fügsam einbringen

Dank als Wert an sich in einer Gemeinschaft erkennen

Gemeinschaft auch selber sichtbar machen wollen

Einladen zum Mitmachen bei Kultur, Sport und Spiel sowie Unterhaltung

Streben nach Besserung seiner Lage, seinem Weg und seinen Zielen

Sich um Erkenntnisse bemühen

Durchblick auch mit Mühen erreichen wollen

Überblick gewinnen

Sachlichkeit wahren

Aufgaben, jeder an seinem Platz, annehmen und zur Lösung führen

Niederlagen annehmen und möglichst objektiv analysieren

Den zugewiesenen oder erreichten Platz im Leben eifrig und beständig gut ausfüllen

Familienbande pflegen und möglichst erhalten

Kultur und Gemeinschaften mittragen und stützen

Rückschläge mitnehmen und neuen Anlauf nehmen
Erfolge und Höhenflüge nicht überbewerten
Weitblick versuchen zu bekommen
Aus Fehlern lernen
Ohne Neid, Hass, Hässlichkeit, Niedertracht, Verleumdung, Unterstellung und böswilliges Missverstehen läuft alles doch viel besser
Einsicht zeigen
Irren und Stumpfsinn erkennen, falls irgendwie möglich, Abstand davon halten
Starrsinn ebenso vermeiden wie Bequemlichkeit: Man könnte sie verwechseln
Nicht im „unteren Durchschnitt" sein Ziel sehen, wenn es anders geht
Nach Wahrheit streben und Wahrhaftigkeit wahren
Zukünftiges immer mitbedenken
Fähigkeit zum Umdenken entwickeln, wo nötig und sinnvoll
Dank als Wert an sich achten und aus vollem Herzen sagen
Mut beweisen, wo sich zurückzuhalten eine feige Schande wäre
Dem Freund ein starker Freund sein und bleiben
Sein „Handwerk" für den eigenen Beitrag zum Leisten gut lernen und anwenden können.

Das ist wahrlich nicht wenig! Und dennoch nur etwa die Hälfte der Punkte, die zwecks Anleitung für Personen auf dem Weg zur Persönlichkeit der Spitzenklasse wichtig sein könnten, ob mit oder ohne Führungsaufgaben.

Glückauf beim Suchen und Finden, Ackern und Ernten – Irren inklusive. Irren bleibt immer Teil eines strebsamen Suchens mit fortgesetztem Studieren. Viel Erfolg dabei.

„Nur wer immer strebend sich bemüht, den können wir erlösen“ Nur ganz exklusiv dann, wenn jeder einzelne Punkt wahrgemacht wird. Nach Faust erlösen ‚Mächte des Schicksals‘ die fortwährend Strebenden. Wir glauben: Gott.

Zum Abschluss die Einlösung einer Frage, die ich meinen Lesern (männlich, weiblich und sonstig) noch schuldig geblieben bin. Wie definiere ich den Begriff des Fehlers? Es reicht ja nicht, Beispiele dafür zu nennen, denn das sind ja dann keine Definitionen, so wenig man „ein Löwe ist, wenn man brüllt“ oder etwa „ein Haus ist, wo ein Dach drauf ist“ oder „wo man wohnen kann“. Das trifft leider nicht den Kern. Also müssen wir uns das genauer anschauen – und stellen sogleich fest, dass diese Definition mehrschichtig und vielfältig ist und sicher noch ergänzbar, aber all diese Punkte umgreift.

Also, ein Fehler ist:

Beispiele von erkannten Fehlern als Definitionen (Bestimmungen) anzubieten

Das Vergessen von Lehren und Erfahrungen

Das Verachten und Verweigern von Wahrheiten

Das Übersehen von Lücken in logischen Reihen

Sich einzuordnen, ohne sich vorher geprüft einzuschätzen

Sein Umfeld nicht zu beachten oder nachlässig zu missachten

Sich einzuschätzen ohne beachtete Maßstäblichkeit

Sich selbst gern Rabatte im eigenen Tun zu geben

Tapferkeit und Kritik nicht auch gegen sich selbst zu üben

Herkunft und Heimat für sich und das eigene Werden gering zu schätzen

Sich zu irren, sich nicht einzugestehen

Nicht gleichzeitig Herz und Hirn einzuschalten

In Gemeinschaften den Dank als kulturellen Wert nicht hochzuhalten

Hässlichkeiten wie Neid und Hass nicht an sich abprallen zu lassen

Aktives Mittun nicht als elementare Pflicht des Lebens anzuerkennen

Sich nicht anzustrengen und etwas stattdessen anderen als widerwärtige Last zu überlassen

Seinen Platz im Leben nicht zu akzeptieren

Seine Sinne, seine Kräfte und seine Fähigkeiten nicht – obwohl irgendwie möglich – wach, aktiv und flexibel zu erhalten

Und nicht auch irgendwann rechtzeitig loslassen.

Dank

Zuerst danke ich meinem Verlag PH.C.W. SCHMIDT in Neustadt an der Aisch, Herrn Schmidt persönlich für seinen Mut, mein Verleger zu werden. Seine Zusage kam prompt. Ebenso möchte ich allen Mitarbeitern des Verlags und der dazugehörigen Verlagsdruckerei danken.

Für Bestätigung von einigen Bewohnernamen danke ich Wolfgang Buechler, Willi Seegets, Hans Fuchs und Hartmut Hagelauer, Horst Fischer, Gustav Sandtner, für Ergänzungen bei Klassenkameraden und Kirchliches Günter Schunk Pf.i.R., und für ihre Leistungen im Heimatverein Christa und Karl Lechner. Für seine gern gelebte und gepflegte Verbundenheit mit seiner Heimatstadt Windsbach mit vielen Besuchen in Windsbach von Rosenheim her danke ich meinem Jugendfreund aus der Nachbarschaft Horst Fischer. Ebenso den – teils nicht mehr unter uns weilenden – Spielkameraden aus dieser Zeit für frohe Stunden mit Spielen auch in den Wäldern um die Schwalbenmühle und die Hölzleinsmühle. Hermann Huber, Helmut Frischeisen, Heiner Schütz, meinem Bruder Dieter, Helmut Wiesinger, Gela und Klara Strob, Karl, Otto und Martin Degenkolb, Ule Fellmann, dem jungen Heinkel, den Gassenmeiers Buben, Wolfi Walk, Georg und Manfred Hollenbach, Helga und Hartmut Hagelauer, Felizitas, Fritz und Georg Meyer, Annemarie Münter-Meyer, Ernst Walter, Karl-Heinz Wachter, Hans und Anni Fischer, Hans Strob und Wilhelm Zabold sowie Käthe Westphal und Anni Klampfer. Ich danke auch unseren Gegnern, den Zwirners Buben, mit denen wir im Wald unsere Holzwaffen kreuzten. Allen für die vielen schönen Stunden und Tage, das gemeinsame Erleben unter jungen Nachbarn mit großem Erinnerungs-Potenzial in meistens sehr harten unterschiedlichen Zeitläufen.

Und ich danke Dr. Dietrich Blaufuß für sein ‚Windsbach-Engagement', schließlich und nicht zuletzt Dr. Werner Ertel für sein ständig aktives Beitragen zu Aufgaben und sein Begleiten des Erziehungswerks und besonders des Windsbacher Knabenchors von Wuppertal her. Besonderer Dank gilt meinem Lektor Hartmut Hagelauer, einem Kenner der Windsbacher Verhältnisse dieser Zeit.

Und last but not least meiner Partnerin Marie-Luise Speier für inzwischen 26 Jahre gemeinsames Schaffen und Kümmern um viele Aufgaben nicht nur in Bad Windsheim, für Geduld und Zusammenhalt, sowie ihrem Sohn Horst Speier für elementares Digital-Wissen und Support. Und dem „Windsbacher Knabenchor" für seine ständig hochgehaltene große Klasse.

Treffen

Zu unseren Klassentreffen der Klasse im Gymnasium treffen wir uns seit vielen Jahren jeweils am Tag vor Himmelfahrt im Löhe-Zimmer des Hotelgasthofs „Sonne“ in Neuendettelsau, bis vor einigen Jahren noch in relativ großer Zahl. Das Datum war gewählt, weil der Knabenchor am Himmelfahrtstag verpflichtend den Gottesdienst bereichern soll. Da lag es nahe, diesen Tag auch zum Treffen und zum Tag der offenen Tür des Erziehungswerks Windsbach zu machen. Die gemeinsame Schicksals-Erfahrung aus der Zeit der ersten Nachkriegsjahre hat Verbundenheit erzeugt. Dabei hat der Teil der Schüler aus dem Pfarrwaisenhaus, dann Studienheim genannt, vom Wachsen und Werden im Städtlein wohl so wenig mitbekommen wie die Schüler des Gymnasiums Windsbach aus Neuendettelsau.

Folgende Namen daraus wollte ich gerne nennen: Dr. Ludwig Barth, Ernst Bergmann aus Frankreich einmal, Hans-Martin Blank, Heiner Bock, Dr. Wolfram Braun, Karl-Martin Bullemer, Pf.i.R., Manfred Daub, Matthias Dechet, Hans Decker, Dietrich Deutschmann, Dr. Wilhelm Glenk, Albrecht Grieshammer, Walter Hager, Peter Heckel, Dr. Albrecht Heinzelmann, Dr. Helmut Mad, „Schorsch“ Julius Lindner, Hans Luther, Pf.i.R., Helmut Rabus, Peter Rüdel, Helmut Schemm, Pf.i.R. Walter Schranz aus Kanada, Manfred Schulz, Dipl.-Ing. bei AUDI, Günter Schunk, Pf.i.R., Otto Seeber, Theater-Mann in Bremen, Horst Sommer, Herbert Kleinschrodt, Erhard Steinbauer, Rainald Hahn, Hubert Willenberg, Hermann Rössler. Davon ist fast die Hälfte inzwischen nicht mehr unter uns.

Viel früher gegangen sind: Karl Brichzin, Martin Becker, Klaus Zorn, German Bestelmeyer, Dieter Möbus, Hans Götz, Hermann Gagel, Dr. Friedl Köhn, Dr. Hans Keller.

Nie zurückgefunden haben Peter Ludwig, Otto Diegritz, Konrad Eberle, Rolf Hofmann, Peter Lemberg, Helga Weckler, geb. Zwingel, Werner Schemm und Walter Hager. Leider. Es gibt gute Gründe, warum man solche Treffen pflegen und sich nicht zu gut dafür finden sollte. Es ist vor allem ein vertiefendes, ein schönes Gefühl des wieder einmal Heimkommens. Irgendwie waren wir alle einmal als Gruppe zusammen.

Ich denke, dass ein Häuflein rüstig Gebliebener sich nach der Zeit der Covids wieder einfinden könnte. Allen alles Gute.

Johann Friedrich Frischeisen

Des Durchleuchtigsten Fürsten und Herrn Herrn [illegible]
Marggraffen zu Brandenburg, Herzogs in Preußen, zu Magdeburg, Stettin, Pommern, der Cassuben, Wenden, zu Mecklenburg [illegible]
Ich Johann Friedrich von Enb Herr auf [illegible]

Urkunde des Vorfahren vom 7. Januar 1723.